FVA

Auf Einladung von Nino Haratischwili und dem Goethe-Institut Georgien sind sechs deutsche und sechs georgische Autorinnen und Autoren durch Georgien gereist, in das kleine Land zwischen dem Schwarzen Meer, dem Großen und dem Kleinen Kaukasus, wo tiefe Schluchten, hohe Gletscher, lange Palmenküsten, historische Höhlen und kosmopolitische Metropolen zu finden sind. Prometheus, Medea, Rustaweli und Stalin, sie alle gehören zu Georgien wie die einzigartige gewundene, uralte Schrift, eine fünfzehn Jahrhunderte währende literarische Tradition, fünfhundert Rebsorten und die unermessliche Gastfreundschaft. Entstanden sind literarische Reiseberichte, poetische Reflexionen und humorvolle Betrachtungen. *Georgien. Eine literarische Reise* ist eine Entdeckungstour durch ein widersprüchliches und wunderschönes Land, grafisch bibliophil gestaltet, mit überraschenden, amüsanten Weisheiten: »Als Paar zu reisen ist immer ein Risiko«, »Ein geschickter Traktorist ist in den Bergen eine sehr wichtige Persönlichkeit« oder »Don't smoke on the horse«. Kurz: eine Einladung an den Leser, auf der Stelle seine Koffer zu packen.

»Die Texte zeugen von Erlebnissen, die man nur haben kann, wenn man sich dem Fremden gänzlich ausliefert und mit dem unschuldigen und unvoreingenommenen Blick eines Kindes staunt und beschreibt, anprangert und sich begeistern lässt.« Aus dem Vorwort von Nino Haratischwili

Herausgeber: Goethe-Institut Georgien, in Zusammenarbeit mit dem Georgian National Book Center, mit freundlicher Unterstützung des Auswärtigen Amtes.

GEORGIEN

EINE LITERARISCHE REISE

Mit einem Vorwort von Nino Haratischwili,
illustriert von Julia B. Nowikowa

Aus dem Georgischen von
Rachel Gratzfeld und Sybilla Heinze

FRANKFURTER VERLAGSANSTALT

INHALT

GELEITWORT

»Was man festhält, verliert man, was man verschenkt, behält man.«
(Schota Rustaweli)

Liebe Leserinnen und Leser,

im Rahmen des Projektes »Perspektiven – Literatur im Dialog« wurden sechs deutsche und sechs georgische Autorinnen und Autoren vom Goethe-Institut Georgien eingeladen, als binationale Tandems durch die Regionen Georgiens zu reisen. Im Sommer 2017 begaben sich Katja Petrowskaja und Abo Iaschaghaschwili (Region Kasbek/Georgische Heerstraße), Ulla Lenze und Tamta Melaschwili (Region Kachetien), Volker Schmidt und Irma Tawelidse (Region Gori/Adscharien), Lucy Fricke und Archil Kikodze (Region Tuschetien), Stephan Reich und Anna Kordsaia-Samadaschwili (Region Swanetien), Fatma Aydemir und Nestan Nene Kwinikadse (Tbilissi) auf ihre Reisen durch Georgien.
Etwa eine Woche lang entdeckten die Autorenpaare das Land und seine Leute. Die georgische Öffentlichkeit reagierte mit großem Interesse auf die Autorinnen und Autoren, besonders gewürdigt wurde die Tatsache, dass auch vom Kulturbetrieb vernachlässigte Orte in das Projekt miteingebunden waren, fernab touristisch erschlossener Ziele.
Dieser Sammelband ist das Resultat der vielfältigen Begegnungen des Sommers 2017. Entstanden ist ein spannendes Panorama von Georgien. Neben den Tandem-Reisen nahmen Katja Petrowskaja, Ulla Lenze und Volker Schmidt an Lesungen und Diskussionen im Rahmen des Literaturfestivals 2017 in Tbilissi teil.
Das eingangs genannte Zitat des georgischen Dichters Schota Rustaweli, der zu den bedeutendsten Literaten des Mittelalters gehört, drückt die Offenheit, Großzügigkeit und Abenteuerlust des literarischen Austauschs zwischen Deutschland und Georgien aus – dies

spiegelt sich auch in diesem Sammelband wider. Natürlich könnte man vorbringen, dass mit einer Publikation immer auch etwas »festgehalten« werde und nach der Logik des Zitats verloren zu gehen drohe. Mit einer solchen Momentaufnahme entsteht hier jedoch gleichzeitig eine Idee, die den geneigten Leser einlädt, sie weiterzuspinnen. Und so möchten wir Ihnen die literarischen Begegnungen der Autorinnen und Autoren mit den Regionen Georgiens nicht vorenthalten, die so reich an jenen Impressionen sind, die ihnen das am Großen Kaukasus gelegene Land »geschenkt« hat.

Was erwartet Sie also in diesem Sammelband? Die georgische Kultur wurde über die Jahrhunderte geprägt und bereichert von den Völkern, die das Land eroberten und besiedelten: Römer, Perser, Araber, Seldschuken, Mongolen, Timur Leng, Osmanen und schließlich die Russen hinterließen ihre Spuren in dem fruchtbaren Land. Die Legenden vom Halbgott Prometheus und vom Goldenen Vlies, aber auch Medeas grausames Schicksal hatten hier, auf dem Gebiet des heutigen Georgiens, ihren Schauplatz. Mit Gori als Geburtsort Stalins ist auch die sowjetische Vergangenheit dem Land tief eingeschrieben. Die turbulente Geschichte Georgiens hat beispielsweise Nino Haratischwili in ihrem eindrucksvollen Roman-Epos »Das achte Leben (Für Brilka)« (FVA 2014) literarisch bearbeitet und Lesern zugänglich gemacht. Die deutschen und georgischen Beiträge in dieser Sammlung der »literarischen Reise« sind allesamt sehr persönliche Porträts und Eindrücke von Städten, Landschaften und den Bewohnern dieses Landes. Es geht um Vergangenheit, Poetisches, die georgische Küche, um Mythisches oder Historisch-Skurriles.

Das Projekt führte in allen Landesteilen zu zahlreichen deutsch-georgischen Begegnungen. Die deutschen und georgischen Autorinnen und Autoren konnten sich voneinander und von dem, was das Ziel ihrer Reise zu bieten hatte, überraschen lassen, sodass ihre Reiseerfahrung ein differenzierteres Bild Georgiens und der georgischen Gesellschaft hat entstehen lassen. Gleichzeitig zeugt dieser Band in seiner eigenen Dynamik einmal mehr davon, wie kreativ und lebendig die heutige Kulturszene Georgiens ist.

Das Feld der Literatur- und Übersetzungsförderung nimmt in der Arbeit des Goethe-Instituts einen besonderen Stellenwert ein – an dieser Stelle möchte ich deshalb den mitwirkenden Autorinnen und Autoren aus Deutschland und Georgien sowie den Partnern des Projekts, dem Georgian National Book Center, der Frankfurter Verlagsanstalt und meinen Kolleginnen und Kollegen vom Goethe-Institut Georgien herzlich für ihre Beiträge, ihren Einsatz und ihre Unterstützung bei der Realisierung dieses Sammelbands danken. Ich bin überzeugt davon, dass uns mit diesem Zeugnis eines deutsch-georgischen Kulturaustauschs gerade in dem Jahr, in dem Georgien Gastland auf der Frankfurter Buchmesse ist, ein besonderes Geschenk gemacht wurde, dessen Eindrücke wir noch lange mit uns tragen werden.
Ich wünsche Ihnen eine anregende Lektüre mit spannenden und berührenden Einblicken in die Kultur Georgiens.

Johannes Ebert
Generalsekretär des Goethe-Instituts

VORWORT

VON NINO HARATISCHWILI

Vor vielen Jahren lief ich mit einer Freundin aus Deutschland durch die Tbilisser Altstadt. Es war das erste Mal, dass mich jemand aus Deutschland in meiner Heimatstadt besuchte, die Grenzen waren noch nicht so lange offen und die Nachwirkungen der Nachperestroika-Zeit noch deutlich zu spüren, andererseits lag aber auch eine gewisse Aufbruchsstimmung in der Luft, der Wille zum Neuanfang. Ich selbst hatte mich an das westliche Leben noch nicht ganz gewöhnt, war zwischen Heimweh und den Herausforderungen der Integration hin- und hergerissen, auf einer intensiven Suche nach dem richtigen Ort, den richtigen Worten, nach der richtigen Sprache, um die Geschichten zu erzählen, die mir erzählenswert schienen und für die ich noch keine Heimat gefunden hatte.

Vor der gemeinsamen Reise war ich aufgeregt gewesen, ich fragte mich unentwegt, wie meine Freundin, mit der ich bereits etliche Reisen unternommen hatte, mich in diesem für sie fremden Kontext sehen würde. Was würde sie entdecken, was würde sie begreifen? Ich fühlte mich wie jemand, der gerade dabei ist, ein Geheimnis preiszugeben.

Und während der Reise machte ich eine absurde Feststellung: Ich wollte unbedingt, dass sie alles um sich herum aus dem *richtigen* Blickwinkel betrachtete, ich wollte, dass sie durch meine Augen blickte und alles als das erkannte, was ich darin sah.

Ich, die ich mich unablässig mit Freunden über unser Land stritt und mich immerzu kritisch mit ihm auseinandersetzte, wollte auf einmal, dass sie das Land, die Stadt, die Menschen, die mir teuer waren, von der besten Seite kennenlernte. Ich begriff selbst nicht recht, woher dieser dringende Wunsch kam und warum es mir auf einmal so viel bedeutete, dass sie alles, was mir wichtig war und von dem ich glaubte, dass es mich geprägt hatte, in einem versöhnlichen und

10

verständnisvollen Licht sah. Vielleicht war ich einfach ermüdet von den schier endlosen Diskussionen und Erklärungsversuchen, zu denen ich mich in Deutschland gezwungen sah, sobald die Sprache auf Georgien kam. Ich wollte keine Exotisierung und keine Verklärung, ich wollte aber auch nicht jemanden an meiner Seite wissen, der stets nur Zeichen der Verwahrlosung und des Ruins in der fremden Kultur sucht, um sich am Ende in einer Art rechthaberischen Überlegenheit bestätigt zu finden. Trotzdem war mir diese Sehnsucht nach einer milden, liebevollen Sichtweise fremd.
Wir liefen durch die Straßen und ich fand mich plötzlich in einer fremden Stadt wieder. Denn ich versuchte unentwegt mir vorzustellen, was sie sah, ich versuchte mir ihren in dem Fall fremden Blick auszuleihen.
Was würde ich wahrnehmen, was würde mir auffallen, was würde mir missfallen, worüber würde ich mich aufregen, wenn ich zum ersten Mal hier wäre? Und es gelang mir tatsächlich, alles Vertraute in ein neues Licht zu rücken. Ich identifizierte mich so sehr mit dem Blick des Fremden, bis mein eigener auf einmal gänzlich verschwand. Gleich beim ersten Spaziergang durch das Sololaki-Viertel entdeckte ich etwas, das mir seitdem nicht mehr aus dem Kopf geht und das für mich mittlerweile zu einer Art Sinnbild geworden ist für meine Wanderung zwischen zwei Welten, zwei Sprachen, zwei Kulturen, sich irgendwo in einem Spalt befindend, der mal übermäßig breit und mal unsichtbar schmal wird. Wir erkundeten die typischen Höfe jenes Stadtteils, die bunten Pawlatschen mit den hölzernen Laubengängen und den schiefen, verschnörkelten Balkonen, mit den spielenden Kindern und der flatternden Wäsche, eingehüllt in diverse Essensgerüche und lautes Stimmenwirrwarr.
In der Mitte eines solchen Innenhofs blieb meine Freundin stehen und fixierte etwas mit ihrem Blick. Dann zückte sie die Kamera und begann zu fotografieren. Von ihrem Gesicht konnte ich Begeisterung ablesen. Ich wusste nicht genau, was sie so in Verzückung versetzt hatte, denn ich sah dort nichts Besonderes. Ich suchte mit den Augen nach einem möglichen Motiv, das sie fasziniert haben könnte, aber

erfolglos. Irgendwann steckte sie die Kamera zurück in die Tasche und blieb mit einem seligen Gesichtsausdruck vor mir stehen. Ich wollte sofort wissen, was sie da fotografiert hatte, und dann streckte sie ihren Finger aus und lachte. Erst da erkannte ich den Grund ihrer Begeisterung: Dort war ein Holzstuhl ohne Sitzfläche, der an einer der Hauswände befestigt war. Unter ihm lag ein Ball. Ich verstand immer noch nicht so ganz, was an diesem improvisierten Gegenstand so besonders sein sollte. Die Irritation stand mir ins Gesicht geschrieben, und sie erklärte: »Das ist doch zauberhaft! Auf den Gedanken würde in Deutschland keiner kommen. Das ist so erfinderisch! Sie nutzen den Stuhl als Basketballkorb!«

Ich wusste zwar, dass der Stuhl zu diesem Zweck diente, aber mir war die Besonderheit dieser Tatsache keineswegs klar. Für mich war das normal und selbstverständlich – gerade als Kind der Neunzigerjahre, ein Jahrzehnt voller Entbehrungen und geprägt von existenziellen sozialen und ökonomischen Umbrüchen –, dass man improvisieren musste, wo die äußeren Mittel nicht vorhanden waren oder versagten. Aber erst durch ihren Blick, durch die Außenperspektive, gelang es mir, die Besonderheit jenes Gegenstandes und somit seinen Wert zu schätzen.

Denn für die Bewohner jenes Hofes war es vielmehr ein Notbehelf: Die Kinder hätten viel lieber einen nigelnagelneuen Basketballkorb gehabt, sie hätten ganz sicher keine Einwände gegen jegliche kapitalistische Konsumgüter erhoben, im Gegenteil – sie hätten große Freude daran. Aber darum ging es nicht. In dem Moment begriff ich etwas, das, so simpel es auch erscheinen mag, für mich einer existenziellen Erkenntnis gleichkam: Die gleichen Dinge, die gleichen Gegenstände, gar die gleichen Verhaltensweisen haben je nach Kontext eine vollkommen verschiedene Bedeutung. Nichts ist absolut und demnach immer eine Frage der Perspektive. Geschehnisse, Erfah-

rungen, Ereignisse – all das formt sich ausschließlich durch unseren Blick darauf.
Das Vertraute und das Normale kann unter bestimmten Umständen zu etwas Außergewöhnlichem werden. Etwas, von dem man annimmt, es sei so, kann im nächsten Augenblick etwas ganz anderes sein, wenn man bereit ist, den eigenen Fokus zu verschieben.
In dieser einen Woche, in der wir durch die Tbilisser Straßen schlenderten, setzte ich mich unentwegt mit meiner Freundin auseinander und doch ging es dabei um mich. Um Dinge, die ich vorher nicht hinterfragt hatte, Dinge, die ich einfach so hingenommen, Meinungen und Ansichten, die ich in irgendeiner Form für »gegeben« gehalten hatte.
Ich stritt und diskutierte mit ihr über die westliche Sehnsucht nach dem Zerfall, die Begeisterung der Europäer über die vermeintlich »ostalgischen« Gegenstände und Möbel, das Leben, das sich so viele alte Menschen gezwungen sahen zum Verkauf anzubieten und das von den westlichen Besuchern so hingebungsvoll gekauft wurde. Ich verliebte mich aber auch in den georgischen Gesang neu – so spontan entfacht und zu einem rauschhaften Fest auf einer Restaurantterrasse ausartend –, weil ich ihn in dem Augenblick durch ihre Ohren hörte, die Emotionen spürte, die die Musik in ihr auslöste. Ich habe mich in den endlosen Gesprächen, in denen es um die Vereinbarkeit verschiedener Welten und deren Verschmelzung zu einer Identität, um Gemeinsamkeiten und Differenzen ging, verloren.
Indem ich versuchte, ihren Blick zu formen, veränderte sich meiner. Ich begriff etwas von dem Eigenen erst durch die Perspektive des Fremden.
Ich habe seitdem viele Besucherinnen und Besucher in Georgien empfangen. Und doch ist dieser erste Eindruck, als mich meine Freundin in einer klapprigen Aeroflot-Maschine gen Süden begleitete, die prägendste Erfahrung geblieben.
Meine Versuche, ihren Blickwinkel zu beeinflussen, waren vollkommen absurd, denn erst durch ihre Augen habe *ich* etwas Gewöhnliches zum Außergewöhnlichen machen können.

Damals wusste ich nicht, wie stark diese Entdeckung meine gesamte Zukunft und viele wichtige Lebensentscheidungen prägen sollte. Aber Jahre später, als ich mich daran machte, einen Roman über mein Land zu schreiben, stellte ich fest, dass ich selbst erst durch die Einnahme einer Außenperspektive, durch den Umzug in ein anderes Land, durch das Wechseln der Sprache dazu befähigt worden war, über das Vertraute zu schreiben.
Aus diesem Grund habe ich mich sofort in die Idee von Medea Metreveli, der Leiterin des Georgian National Book Center in Tbilissi, verliebt, die vorschlug, Tandems aus jeweils einem deutschen und einem georgischen Autor zu bilden und sie auf eine Reise durch die verschiedenen Regionen Georgiens zu schicken. Das Goethe-Institut Georgien fand die Idee auch großartig und realisierte, mit finanzieller Unterstützung des Auswärtigen Amtes, das ehrgeizige Vorhaben in einem aufwendigen zweijährigen Projekt mit mir als Kuratorin. Während der ganzen Planungszeit, während ich mir Gedanken über das Reisebuch machte und mir vorzustellen versuchte, welche Texte dabei entstehen würden, hatte ich unentwegt das Bild mit dem zweckentfremdeten Stuhl vor Augen.
Die Texte, die auf den Reisen entstanden sind, bestätigen meine Hoffnungen, denn sie zeugen genau von solchen Erlebnissen, die man nur haben kann, wenn man sich dem Fremden gänzlich ausliefert und mit dem unschuldigen und unvoreingenommenen Blick eines Kindes staunt und beschreibt, anprangert und sich begeistern lässt. Es ist ein großes Glück, all jene Kolleginnen und Kollegen an der Seite zu haben, die sich bereit erklärt haben, sich nicht nur auf ein fremdes Land einzulassen, sondern auch auf fremde Menschen, mit denen sie tagelang, auf engstem Raum, unterwegs sein würden.
Genauso aber gilt es, die Offenheit der georgischen Autorinnen und Autoren zu betonen, die anders als ich nicht den sinnlosen Versuch unternommen haben, die Perspektiven ihrer Tandempartnerinnen und -partner formen zu wollen, sondern im Gegenteil – bereit waren, all ihre Kenntnisse und Erfahrungen, das Vertraute so generös zu teilen.

Von einer tiefen melancholischen Hingebung, der Begeisterung für die Natur und alles Verlorengegangene ist für mich der Text von Katja Petrowskaja nahezu ein Gedicht über die Schönheit und Erhabenheit, aber auch die Grausamkeit des Kaukasus, während ihr Reisebegleiter Abo Iaschaghaschwili uns mit einer historischen Akribie und Detailverliebtheit in die Geschichte Georgiens einführt und tiefe Einblicke ermöglicht, wo man sie nicht einmal ahnt.
Witzige und zugleich sinnliche Fragmente seiner Reise hält Stephan Reich in seinen Gedichten fest und stellt sein Staunen offen zur Schau – über alles Erlebte und alles Andersartige, und das mit so viel Faszination, dass es einem warm ums Herz wird. Seine Tandempartnerin Anna Kordsaia-Samadaschwili wiederum erzählt eine sehr persönliche, nachdenkliche Geschichte über ihren Großvater und ihre Erinnerungen an eine der sagenumwobensten Regionen Georgiens – Swanetien. Mit all den urigen Bräuchen und teils verloren geglaubten Traditionen. Und das tut sie mit so viel für sie typischen Charme und Humor, dass man sich wünscht, ihre Erzählung möge ewig weitergehen.
Einen wunderschönen, persönlichen Bericht legt Ulla Lenze über Kachetien vor, mit ihrer lustvollen, zauberhaften Sprache, als wolle sie den Leser einladen, sich ihrer Reiseroute anzuschließen und alles Beschriebene noch einmal zu erleben. Ihre Kollegin und Reisebegleiterin Tamta Melaschwili wiederum schreibt voller Leichtigkeit und sichtlichem Spaß an der Reise von ihren Entdeckungen der architektonischen Schätze, der wundersamen Natur der Region und des Nationalparks, als wäre sie selbst ein Gast in einem fremden Land.
Von mitreißendem Humor und von bedingungsloser Offenheit ist Lucy Frickes Bericht über Tuschetien durchdrungen. Man möchte sofort mit auf das Pferd springen, mit dem sie die bergige Landschaft durchstreift, und mit den grimmigen Männern Schnaps trinken, man möchte den Sternenhimmel bestaunen und dabei genau solchen Mut aufbringen wie sie – sich so kopfüber in das Abenteuer zu stürzen. Ihr Tandempartner Archil Kikodze, ein fantastischer Kenner jener Region, erzählt melancholisch und bildhaft von jenem ab-

gelegenen Ort der Welt, seinen fremd anmutenden Traditionen und von der einmaligen Natur, und seine Worte sind von einer tiefen Liebe und großem Respekt für diesen besonderen Fleck Erde erfüllt.
Als ein sehr genauer Beobachter präsentiert sich Volker Schmidt, der den Lesern mit seinen detailreichen Beobachtungen, die alles beschreiben, ohne zu beschönigen, und doch nichts werten, über nichts urteilen, sofort in seinen Bann zieht. Er fasziniert mit seinen Erkenntnissen und Sinneseindrücken, die gemessen an der Kürze des Aufenthalts bemerkenswert sind, und nimmt den Leser sofort mit auf die Reise. Irma Tawelidse aber, die mit Volker Schmidt gereist ist, begeistert durch ihre poetische Sprache und die persönlichen Erinnerungen und teils inneren Landschaften, in die sie den Leser mit ihrer traumwandlerischen Sprache lockt.
Nestan Nene Kwinikadse bietet uns eine Kurzgeschichte über ihre Heimatstadt an und ermöglicht somit einen Einblick in einen spannenden, brutalen und zugleich intensiven Abschnitt georgischer Geschichte. Ihre Sprache ist lakonisch und stets nah an ihrer Protagonistin, sie spielt bewusst mit dem Leser und die Grenze zwischen Fiktion und Realität scheint immer wieder zu verschwimmen. Fatma Aydemir, ihre Tandempartnerin, lässt sich voller Freude auf die fremde Stadt ein und macht sich auf die Suche nach dem Vertrauten in der Fremde, nach Gemeinsamkeiten und Überschneidungen, ohne dabei den kritischen Blick zu verlieren.
Reisen und Schreiben haben für mich etwas Wesentliches gemeinsam: die Verschiebung der Perspektive, etwas Neues zu erkennen. Und darum geht es letztlich beim Reisen wie auch in der Literatur: das scheinbar Selbstverständliche und das Offensichtliche zu hinterfragen und einen tiefen Einblick zu erhalten, indem man etwas unter die Lupe nimmt, indem man eine Außenperspektive einnimmt. Der Effekt, der sich dabei einstellt, ist oftmals ähnlich: Man ist plötzlich fähig, Dinge, Geschehnisse, Erlebnisse in ein ganz anderes Licht zu rücken und dadurch etwas zu begreifen. Über sich und vielleicht auch über die Welt.

თუშეთი
Ober-Swanetien
Mzcheta-Mtianeti
Imeretien
Gurien
Schida Kartli
Kachetien
Tiflis
Adscharien
Samzche-Dschawachetien
Kwemo Kartli

DON'T SMOKE ON THE HORSE –
EINE ZU KURZE REISE DURCH TUSCHETIEN

LUCY FRICKE

Sie werden seltener, aber es gibt sie noch, die Einladungen, zu denen ich nicht Nein sagen will. Je abwegiger, desto besser. Und wenn jemand fragt, ob ich Lust habe, nach Tuschetien zu reisen, und ich denke: *Tuschetien? Nie gehört*, dann sage ich sofort zu. Eine ferne Bergregion im Nordosten Georgiens, in die man ausschließlich in den Sommermonaten reisen kann, da in der übrigen Zeit des Jahres der Pass nicht befahrbar ist, heißt es in der Einladung. Vom Gebirge verstehe ich nichts, vom Wandern erst recht nicht und in Georgien bin ich nie gewesen. Das alles spricht dafür.

Der besagte Pass ist unter dem Namen Abano-Pass durchaus bekannt, er gilt als eine der gefährlichsten Straßen der Welt. Kein anderer Weg führt nach Tuschetien, dorthin gelangt man nur mit Allrad, Pferd oder Helikopter. Ich schaue mir Videos an und kichere vor Freude. Diese Strecke ist mörderisch, es ist genau die milde Form von Todesangst, die mir gefällt. Bei einer nahenden Depression unternehme ich gern einen Tandemsprung aus einem Flugzeug, jetzt also ein Pass in Georgien. Man verspricht mir, dass es einen Fahrer geben wird, der in der Region aufgewachsen ist. Eine andere Angst ist die vor dem Wandern. Ich hasse Wandern. Ich kann überhaupt nicht wandern. Dieser Körper hat das letzte Jahr an einem Schreibtisch gesessen und kaum noch Muskeln in den Beinen.

Dieser Körper ist ein Sack, und der wird jetzt ausgerechnet in den Großen Kaukasus verschickt.
Ich halte es für möglich, auf 3000 Metern einfach zu kollabieren. Freunde leihen mir Wanderschuhe und eine Multifunktionsjacke, denn zum Anziehen hat dieser Körper auch nichts. Ich lese die Biografie über den jungen Stalin, packe die Sachen und fliege nach Tbilissi. Sehr schnell werde ich verstehen, dass ich, wenn ich auch nicht wandern kann, so doch über gewisse Fähigkeiten verfüge, mit denen man in Georgien offenbar ziemlich weit kommt: essen, rauchen, trinken und über das Unglück lachen. (Worüber man besser schweigt: Stalin und Religion).
Wir starten an einem warmen Morgen um acht Uhr. Der Fahrer G. wartet mit seinem alten Landrover vor dem Hotel, und mein georgischer Schriftstellerkollege A. liegt bereits auf der Rückbank, nachdem er die letzten drei Nächte seinen Geburtstag gefeiert hat.
Heute müssen wir nur die Fahrt überleben, und dieses Überleben liegt nicht in unseren Händen, sondern einzig und allein in der Hand unseres Fahrers G. Es scheint mir eine gute Hand zu sein, wahrscheinlich die beste.
Acht Stunden wird die Fahrt dauern, und bald wird mir klar, warum. Wir haben es nicht eilig. Wir haben Zeit. Zeit für ein Frühstück um zehn Uhr, das aus den traditionellen Chinkali, den gefüllten Teigtaschen, und einem frisch gezapften Bier besteht. Zeit, um die Tante von G. zu besuchen und in den Weinkeller hinabzusteigen. Zeit, um riesige Plastikgallonen mit selbst angebautem Wein zu füllen, Zeit, um von jedem Jahrgang ein Glas zu probieren. Nicht zu vergessen der Tschatscha, dieser grundehrliche Trester, der gegen

alles hilft, von der Tante persönlich gebrannt. Ein Dutzend kleine, gefüllte Plastikflaschen laden wir in den Wagen. Wer das alles trinken soll, ist die Frage. Wir sind zu dritt und haben nur sechs Tage. Geschenke, sagt G. Die freuen sich da oben über alles. Wir fahren also in die Berge und verschenken Schnaps.

Als wir uns dem berüchtigten Pass nähern, soll ich mich abschnallen. Von jetzt an werde ich nur noch durchgeschüttelt, und wenn was passiert, sagt G., müssen wir eh schnell aus dem Wagen raus. Auto-Rodeo!, ruft A. begeistert von der Rückbank. Das ist sie also, eine der gefährlichsten Straßen der Welt, und G. fährt sie mit der linken Hand. Nicht eine Sekunde Angst, nicht einmal Übelkeit, das ist fast eine Enttäuschung. Als wir nach neunzig Minuten die Spitze erreichen, steigen wir auf 2800 Metern aus, holen aus dem Kofferraum eine der kleinen Plastikflaschen, dazu drei Gläser und trinken auf Georgien. Gaumardschos!

Ich taumle zurück auf den Beifahrersitz, Tuschetien liegt vor uns wie ein Versprechen. Ein unermessliches Staunen über die Schönheit, die sich hinter jeder Kurve aufs Neue ausbreitet, da taucht tatsächlich ein verborgenes Land auf. Wir fahren vorbei an den ersten Dörfern. Nie mehr als zehn Häuser, verfallene Wehrtürme, vor Jahrzehnten verlassene Winterquartiere. Fast niemand bleibt in den kalten Monaten noch hier, sie alle ziehen auf die andere Seite des Passes und wer bleibt, ist abgeschnitten von dem, was wir Welt nennen. Sobald es anfängt zu schneien, führt in diese Täler kein Weg mehr. In den harten Jahren schneit es bis in den April hinein. Die Einsamkeit hier ist länger und kälter als anderswo. Es gibt keinen Strom, keinen Empfang, kein Internet, keinen Fernseher.

Unser erstes Quartier, Dartlo, das manche das schönste Dorf Tuschetiens nennen, sieht aus wie ein Gemälde. Fluss, Berge, Sonnenuntergang, Wehrturm, Schieferhäuser, alles da, alles unwirklich. Nur schweigen und bewundern.

Den Wein trinken wir in einer jahrhundertealten Kulisse, in der sie den besten Schafskäse servieren, den ich je aß. Wie ich den im Flieger mit zurückkriege, frage ich, und G. erzählt von Geldstrafen, die er schon hat zahlen müssen, weil dieser Käse, wie auch sein Wein, nicht eingeführt werden dürfen in die EU. Die EU ist für die besten Dinge zu sauber. Das Herstellungsverfahren, sagt G., unterliegt dem Schutz der UNESCO. Saufen und fressen als aktives Weltkulturerbe, da fühle ich mich direkt noch viel besser.

Es wird ein langer Abend, der Tisch wird immer wieder vollgeladen mit Tomaten, Gurken, Fleisch, Brot und noch mehr Wein, so viele Menschen kommen vorbei, dass ich mich frage, wo die alle herkommen. Die Wirtin bringt ein Kind nach dem anderen ins Bett, während draußen die Männer vorreiten. Sie kommen zum Essen und reiten zurück zur Arbeit, zurück zu dem dreißig Kilometer entfernten russisch-georgischen Grenzposten. Während ich schon längst ermattet im Bett liege, höre ich sie vor meiner Tür noch reden, die beiden Gästezimmer wurden in den Wohnraum gezimmert, und es erinnert mich an frühe Kindheitstage, als ich den ruhigsten Schlaf hatte, während um mich herum die Party kein Ende fand.

Der Himmel scheint hier blauer als irgendwo sonst. Vielleicht habe ich noch nie so klare Luft geatmet wie in dieser Landschaft, in der nichts dramatisch wirkt, alles nur friedlich. Im Gegensatz zur brutalen Geschichte dieser Region. Von den Kriegen, Deportationen und Übergriffen höre ich, doch sehen kann ich nur Schafe, Pferde, Weite, hier und da einen Bussard. Zwei Stunden wandern wir, ohne einem Menschen zu begegnen. Auf einer Wiese steht ein leerer Verschlag aus Holz, mit weißer Farbe daran geschrieben: *Shop. Fast Food.* Niemand ist zu sehen, bis auf einer Hügelkuppe plötzlich bunte Plastikstühle aufblitzen. Weltweit tauchen in jedem schönsten Nirgendwo früher oder später Plastikstühle auf. Wir klopfen an ein Häuschen, die

Luke wird geöffnet, eine junge Frau serviert drei Tassen Mokka und spannt den Sonnenschirm auf. Zwei Männer binden ihre Pferde fest und kaufen Tschatscha in Plastikflaschen.
Vor zwanzig Jahren war es noch ein Abenteuer hier, sagt A., und ich bin insgeheim froh, erst jetzt gekommen zu sein. Er empfiehlt mir Schnaps gegen den Muskelkater, und als wir den trinken am Abend, verrät er seine alte Bergregel: Bis 1500 Meter Wein, ab 1500 Meter nur noch Schnaps. G. hebt sein Glas und stöhnt: Oh, lieber Gott, mach mich immer so fertig!
Über dem offenen Feuer kochen wir Chinkali, und A. erzählt die Legende eines Dichters, der in den tuschetischen Bergen seine Gedichte verbrannte und dabei rief: Seht, dies ist das Feuer der Poesie! Ob er es bereute, für einen schlechten Witz sein Werk verbrannt zu haben, ist nicht übermittelt.
Am nächsten Tag nehmen wir den Wagen und fahren hinauf in das höchste bewohnte Dorf Europas, Botschorna auf 2345 Metern. Dass Uschguli, im georgischen Swanetien, das höchste Dorf sei, ist eine Lüge, die sich hartnäckig hält und zu einer anhaltenden, leicht gereizten Stimmung zwischen Swanetien und Tuschetien führt, erzählt man mir. Allerdings muss zugegeben werden, dass der Zusatz »bewohnt« von einem einzigen Mann aufrechterhalten wird, ein bald achtzigjähriger Arzt, der hier auch im Winter ausharrt und dafür berühmt ist, ohne Narkose zu operieren.
Er ist so freundlich, mir die dringend benötigte Toilette zu zeigen, in der ich schließlich hocke und denke: Dies ist das höchste Plumpsklo Europas. Hier bin ich also. Es kann schön sein, Dinge zu erreichen, die man sich nie vorgenommen hat.
Über Brücken aus Holz fahren wir, und wenn da keine Brücke ist, dann brettern wir durch den Fluss. In den entlegensten Orten bauen sie Gasthäuser, ein Hauch von Tourismus oder auch nur von der Hoffnung darauf, weht durch die Täler. Ich habe meine Zweifel, aber ich habe immer Zweifel und selten eine Ahnung. G. sagt: Hauptsache, sie machen was.

Wir erreichen Alisgori, unsere nächste Unterkunft, am Abend.
Die Solarzellen liegen hier auf den Dächern aus Schiefer, als hätten Außerirdische ihren Müll abgeworfen. Eine dünne Matratze auf einem Holzbrett, die Dusche wird mit Feuer geheizt, das Waschbecken steht im Freien.
4000 Kilometer von Berlin entfernt, mit geliehenen Wanderschuhen und einem Rucksack vom Discounter. Schmerz in den Muskeln, in den Füßen, Dreck unter den Nägeln, Staub im Haar, der Rücken von Bremsen zerstochen, Schafsfleisch zwischen den Zähnen. Ich stehe hier, schaue auf einen reißenden Gebirgsbach, und jeder Gedanke verschwindet.
Die Männer erzählen Heldengeschichten und trinken auf die Toten, auf die großen Krieger und die, die niemanden hinterlassen haben. Je tiefer die Nacht, desto länger werden die Trinksprüche. Bei jedem Glas preisen wir die Liebe, die Neugier, die Kunst, die Freundschaft, die Begegnungen, die unser Leben verändern, die Menschen, die Einfluss auf uns haben, die Leidenschaft, die Erinnerung, wir trinken darauf, dass wir diese Tage niemals vergessen werden. Wir trinken verdammt noch mal auf alles. Und dass diesen Männern das Preisen nicht ausgeht, lässt mir das Leben mit jeder Stunde reicher erschei-

nen. In solchen Nächten säuft man sich in die Demut.
Wir schlafen aus, nur einen einzigen Plan gib es heute: Hoch zu den Schäfern. Am Nachmittag um vier werden die Schafe gemolken, danach wird der Käse gemacht, und als ich den Weg sehe, der uns bevorsteht, spüre ich nichts als den drängenden Wunsch, schon dort zu sein.
Ich schleppe mich durchs Geröll, es geht steil hinab und dann sehr langsam wieder bergauf. A. reicht mir seine Hand, damit ich über den Bach springen kann. Ich hasse Wandern, ich hasse es wirklich. Am schlimmsten ist es, einen Weg zu gehen, den man hinterher auch wieder zurückmuss, wenn man weiß, was einen erwartet. Wir schleppen uns schweigend hoch, die Luft wird dünner.
Oben angekommen schlendert uns einer entgegen, der aussieht wie der Golem. Alles an ihm ist groß und bucklig. Das kommt vom Melken, sagt A. Seit Jahrzehnten melkt dieser Mann. G. zieht eine Flasche Schnaps aus seiner Jacke, wir betreten einen Verschlag, dessen Dach eine blaue Plastikplane ist. Uns alle verlässt die Farbe im Gesicht, wir sehen aus wie in einem nicht näher definierten Endstadium. Immer mehr Männer kommen herein. Nicht einer gibt mir die Hand, niemand sieht mich an. Höflichkeit sei das, Schüchternheit

auch, versichert mir A. Ich tauche hier schließlich in Begleitung von zwei Männern auf, unantastbarer könnte ich kaum sein.
Der Tisch ist so niedrig, dass wir mit aufgestützten Armen dransitzen. Es gibt Hüttenkäse aus einer Blechschale, dazu Brot und Tomaten, Gurke und Melone. In der Ecke steht ein Gaskocher mit dem Namen »Harlem«.
Über uns baumeln weiße Säcke mit Getreide. Der Tschatscha wird geöffnet, wir trinken ihn aus dicken Patronenhülsen, doch in den

Händen dieser Männer sieht alles winzig aus. Noch nie habe ich solche Pranken gesehen, noch nie habe ich solche Männer gesehen, nur Muskeln und kaum noch Zähne. Meine Unantastbarkeit weicht langsam auf, wir stoßen an auf die Freundschaft zwischen Deutschland und Tuschetien, die wir hiermit ins Leben rufen. A. haut mir auf die Schulter und lacht. Wild Woman, sagt er, und auch mir fällt es jetzt auf, wie ich hier hocke, kurz vor der tschetschenischen Grenze, zwischen einer Horde georgischer Schäfer, den Käse mit den Händen

in den Mund stopfe, selbst gebrannten Schnaps aus einer Patronenhülse stürze und eine filterlose Kippe zwischen den Fingern halte.
Die Männer reden über Pferde, Hunde und Wölfe, bis der jüngste Schäfer Tuschetiens das Zelt betritt. Neunzehn Jahre ist er alt, und bevor er seinen Schnaps trinkt, rezitiert er minutenlang ein Gedicht. Kein besonders gutes Gedicht, wie A. mir zuflüstert, eines über Helden, Kriege und Siege, das Übliche eben. Wir trinken alle noch eine Hülse, bevor um Punkt vier Uhr die Schafe gemolken werden. Dreihundertsechzig Schafe. Pro Schaf ein halbes Teeglas Milch. Mir war zuvor nicht klar gewesen, was für ein Höllenjob das ist. Während die Melker in einer irren Geschwindigkeit melken, schwinden mir beim Zusehen langsam, aber sicher die letzten Kräfte. Ob er etwas für mich tun kann, fragt G., ob ich Wünsche hätte. An dieser Stelle sei gesagt, dass es kaum Besseres gibt, als mit zwei Männern durch die Wildnis zu reisen. Einer kümmert sich immer. Meine eigenen Wünsche sind mir oft nicht klar erkenntlich, doch in diesem Moment weiß ich genau, was ich will: Gebt mir ein Pferd, sage ich. Und G. geht los und klärt das. Eine halbe Stunde später wird ein Pferd gesattelt, und bevor ich aufsitze, gibt mir A. den besten Ratschlag, den ich je hörte, den ich mir als Lebensmotto an die Wand schreiben möchte:
Don't smoke on the horse! Wir traben los, A. und G. stechen ihre Holzstöcke in die Wiese und folgen mir zu Fuß. Am Abend tut mir tatsächlich der Hintern weh, jetzt also auch noch der Hintern.
Ich schweige darüber.
Als wir am Tag darauf Omalo erreichen, ist das ein Schock. Wir sind zurück in der Zivilisation. Fast sechzig Häuser und alles ist Baustelle. Hier wird ganz groß aufgefahren, hier entsteht das Epizentrum des Tourismus. Es gibt eine Bäckerei, eine Bar, es gibt Strom, Musik, Bier, es gibt Mädchen, die sich kreischend aus Autofenstern lehnen, und Männer mit dicken Bäuchen. Ein paar Kühe liegen auf der Straße wie eine Reminiszenz an alte Zeiten. Die Wirtin hofft, im nächsten Jahr sogar Internet zu haben. Dann ist endgültig alles verloren, seufzt G., und ich nicke. Wir machen einen letzten Spaziergang zu den Wehrtürmen hinauf, ein letzter Gang, eine letzte fulminante Aussicht.

Am Morgen folgt der Rückweg in die Welt. Wir setzen uns auf den Abano-Pass, kurven zur Spitze hinauf, steigen aus für einen Blick zum Abschied.
Sechs Tage sind es nur gewesen, doch ich habe das Gefühl, Wochen hier verbracht zu haben, in dieser Ferne, die mich weiter wegbrachte von meinem Leben als jede Reise zuvor.
Wir fahren hinab, und dann geht es Schlag auf Schlag. Plötzlich piepen unsere Handys im Wagen, die Nachrichten von einer Woche treffen bei uns ein. Als Nächstes stellt G. den Allradantrieb aus, und ich muss mich wieder anschnallen. Wir fahren jetzt über Straßenbelag, die erste Ampel taucht auf, am Straßenrand Geschäfte und Autos.
Stunden später stehe ich mit A. in einem riesigen Hinterhof in Tbilissi, eine Bar neben der anderen. Fabrika heißt dieser Ort, so heißen sie überall auf der Welt. Wir stehen am Rand und wissen nicht, wohin mit uns. Es sind viel zu viele Menschen. A. sieht mich an und sagt: Stell dir einfach vor, es wären Schafe.

Lucy Fricke, 1974 in Hamburg geboren, wurde für ihre Arbeiten mehrfach ausgezeichnet; zuletzt war sie Stipendiatin der Deutschen Akademie Rom und im Ledig House, New York. Im Frühjahr 2018 erschien ihr vierter Roman »Töchter« im Rowohlt Verlag. Seit 2010 veranstaltet Lucy Fricke HAM.LIT, das erste Hamburger Festival für junge Literatur und Musik. Sie lebt in Berlin.

თუშეთი — მთა და მეხსიერება

TUSCHETIEN – BERG UND GEDÄCHTNIS

ARCHIL KIKODZE

Egal, ob im Auto, zu Fuß oder zu Pferd unterwegs, überall in Tuschetien trifft man auf *Dogis*. Ein Dogi markiert die Stelle, wo jemand zu Tode gekommen ist, und besteht aus einem einfachen Mahnmal: einer Metalltafel, die an einer Metallstange befestigt ist und auf der Geburts- und Sterbedatum des Verschiedenen aufgeprägt sind. Früher bestanden solche Mahnmale aus einem einfachen, glatten, in die Erde getriebenen Stein oder aus einem kleinen Turm aus Felsplatten, einem Steinmännchen ähnlich. Diese Steinmale hatten keine Inschriften, weder Name noch Datum standen darauf. Auch Grabsteine trugen in den Bergen früher keine Inschriften. Solange sich jemand erinnerte, lebte die Erinnerung fort. In den Bergen behalten die Menschen alles länger im Gedächtnis als im Tal, sie erinnern sich an die Menschen und an die Geschichten, aber nicht an Daten, denn hier in den Bergen wird der Chronologie nicht so viel Bedeutung beigemessen. Hier wurde Geschichte nie niedergeschrieben, der Berg filtert die Geschichten und sondert Unwesentliches, darunter Daten, aus. Dafür sind Berglegenden und -dramen ganz konkret verortet. Der Geografie kommt Bedeutung zu, wie auch dem Menschen und seinem Namen.

Nicht umsonst bezeichneten die Tuschen und andere kaukasische Bergvölker ihre Helden mit dem Begriff »Namhafte«. Sich einen Na-

men zu machen war für einen Mann überaus wichtig. »Bewahrt mir meinen Namen!«, soll ein noch blutjunger Tusche, der von Laken[1] überfallen worden war, im Sterben ausgerufen haben, denn er wusste, dass außer seinen Mördern niemand seinen mannhaften Tod würde bezeugen können. Und diese ihrerseits bewahrten seinen Namen deshalb, weil sie mit denselben Wertvorstellungen aufgewachsen waren und sich vielleicht wünschten, einst ebenso mannhaft zu sterben.
In den Bergen ist Geschichte mündliche Überlieferung. Wenn die persönliche Geschichte, dein Leben und dein Tod manneswürdig verlaufen sind, gerätst du nicht in Vergessenheit; in Liedern, Gedichten und Balladen wird deiner gedacht von Generation zu Generation, das Erinnerte erfährt im Laufe der Zeiten vielleicht ein wenig Veränderung, Ausschmückung, Modifizierung – aber wenn dein Name bleibt, heißt das, du hast nicht umsonst gelebt. Nichts ist von größerer Bedeutung.
Gotscha erzählt uns zahllose Geschichten. Auch ich weiß einiges über die Gegend, aber Gotscha ist Tusche, ich bin ein Talbewohner. Gotscha befindet sich hier auf dem Boden seiner Vorfahren. Für ihn als ein Bergler, der sonst im Tal wohnt, ist es jedoch etwas ganz anderes, durch seine Heimat zu reisen: Er wird sichtlich leichter und gleichzeitig schwerer; die heimatlichen Berge und die Luft machen ihn leicht und heiter; seine eigenen und fremde Erinnerungen, die Geschichten, das Verantwortungsgefühl gegenüber den namhaften Vorfahren aber sind auch eine Last und werfen ihn auf sich selbst zurück.
Lucy fiel sofort auf, dass Gotschas Geschichten sich immer nur um Männer drehten, um die namhaften Männer.
»Was steht denn in den Broschüren, die Gotscha da ständig verteilt?«, fragt sie mich. »Unsere Tour hat ein bisschen was von einer Missionsreise.«
Ich muss lachen.

---

1 Laken: Volk in der russischen Teilrepublik Dagestan (Anm. d. Ü.)

»In der Tat ist es auch eine Missionsreise. Die kleinen Broschüren enthalten Gebete, allerdings keine christlichen, sondern heidnische Anrufungen.«
Meine Erklärung gerät etwas simpel und kurios. Lucy ist verwirrt. Überall in Tuschetien treffen wir auf Verwandte, Freunde und Bekannte von Gotscha, und Gotscha hinterlässt überall, in Dörfern und Schäferhütten, seine Broschüren. Die Menschen hier haben die Tradition vergessen, sie haben aus den Heiligenfesten Besäufnisse gemacht; die Riten, das Adat[2] werden zwar befolgt, aber nur noch mechanisch. In Gotschas Broschüren stehen in Vergessenheit geratene Anrufungen, die an den Betstätten, heidnischen (oder halbheidnischen) Kultplätzen, auszusprechen sind, Gebete, die nur noch wenige kennen. Gesammelt hat die Sprüche unter vielen Mühen der tuschische Wissenschaftler und Lokalchronist Giorgi Zozanidse. Gotschas Landrover ist vollgepackt mit diesen Broschüren. Und so kommt es, dass unsere Mission eine doppelte ist: zum einen, die deutsche Besucherin mit Tuschetien vertraut zu machen, zum anderen, altes Wissen in die Berge zurückzubringen. Die zweite Mission belustigt mich und auch Lucy; nur wirkt Gotscha in keiner Weise wie ein asketischer Missionar mit fanatischem Glühen in den Augen. Nein, in seinen Augen sitzt diabolischer Schalk. Gotscha gleicht einem dionysischen Gefolgsmann mit einer konkreten Sendung – dich besinnungslos betrunken zu machen, dich auf Abwege zu bringen –, und dazu nimmt er mal die Tradition, mal die Schönheit der Natur, mal die gute Stimmung zum Vorwand, sodass du dich nicht weigern kannst, zu jeder Tages- und Nachtzeit das Glas zu heben. Gotscha überzeugt uns, dass die Vorfahren es uns keinesfalls verzei-

---

2 Adat (arabisch für Gewohnheiten, Bräuche) bezeichnet das ungeschriebene Recht (Gewohnheitsrecht). Das Adat-Recht steht häufig als Parallelstruktur neben dem kodifizierten staatlichen Recht und religiösen Rechtsnormen und nimmt Einfluss auf Bereiche des täglichen und zeremoniellen Lebens. Mittels Adat wird auch die Beziehung zu den verstorbenen Vorfahren geregelt. (Anm. d. Ü.)

hen würden, wenn wir bei dieser oder jener Sehenswürdigkeit nicht auf die Seelen der Verstorbenen tränken, und Sehenswürdigkeiten gibt es auf unserem Weg zuhauf. Zudem zeichnen sich weder Lucy noch ich durch Standhaftigkeit aus. So sehen wir uns genötigt, mehrmals am Tag das Glas zu heben und abends sowieso. Gotscha hat reichlich Wein und Schnaps aus dem Tal mitgebracht.

»Hier, genau hier hat Seswa gesessen, herausgeputzt in einem Brautkleid« – Gotscha selbst sitzt auf dem Stein in der Nähe des Dorfes Dschwarboseli und erzählt uns, wie sich Tuschetiens Held aller Helden als Frau verkleidete, um den Tuschen ins Gewissen zu reden, ihnen zu verstehen zu geben, wie weibisch sie wären, wenn sie dem von den Persern verwüsteten Kachetien nicht zu Hilfe eilten. Und die Tuschen machten sich tatsächlich auf in den Kampf. Zusammen mit benachbarten Bergbewohnern, den Chewsuren und den Pschawiern, stürmten sie von den Bergen zu Tale, überrollten wie eine Lawine die Nomadenstämme, die der Feind in Kachetien angesiedelt hatte, und säuberten die Region an einem einzigen Tag.

Im Unterschied zu anderen alten tuschischen Geschichten hat diese eine konkrete Jahreszahl, 1659, und zwar deshalb, weil die Bergbewohner eine Wende herbeiführten: Dank ihnen wurde Kachetien gerettet. Die Begebenheit ist als Aufstand von Bachtrioni in die Anna-

len eingegangen; sie gehört zum Schulstoff, und auch es gibt einen Roman darüber, der verfilmt[3] wurde.
»Alle haben sie niedergemetzelt, selbst die Kinder in den Wiegen verschonten sie nicht.« Zweimal sagt Gotscha diesen Satz, einmal auf Georgisch und einmal, mit noch mehr Nachdruck und Emphase, auf Deutsch.
Mit sichtlichem Genuss erzählt er Lucy von einstigen grausamen Schlachten und Waffengeklirr. Es ist ihm ernst. Er ist ein Hiesiger, ein Sohn dieser Gegend, in Tbilissi und in Berlin mag er anders sein, aber hier und jetzt gehört er mit Leib und Seele den Bergen und steht im Banne der alten Geschichten. Von Einfällen in Feindesland und Selbstverteidigung, von den endlosen Kriegen mit den Tschetschenen und den Dagestanern, von schießschartenübersäten Wehrtürmen, von Gewehrgeknall, von rechten Händen, dem Gegner abgehackt und als Kriegstrophäe mitgenommen ... Lucy wird das alles manchmal zu viel, aber sie genießt es auch. Langweilig wird ihr mit uns nicht. Eine Frau und zwei Männer sind miteinander unterwegs,

---

3 »Baschi-Atschuki«, historischer Abenteuerfilm von Leo Esakia nach dem gleichnamigen Roman von Akaki Zereteli (Anm. d. Ü.)

auf einer etwas komischen Tour, auf einer Straße, die als eine der gefährlichsten Fahrstraßen der Welt gilt und über die Gotscha den Landrover entspannt und geschickt mit nur einer Hand lenkt. Und aufgereiht entlang beider Seiten des Wegs Dogis – mit Vornamen, Nachnamen der Verstorbenen und Jahreszahlen. Sie stammen bereits aus der Zeit, als Daten an Bedeutung gewannen. Gotscha kann sich sogar an die einzelnen Todesursachen erinnern. Die meisten der Verunglückten sind mit ihrem Auto in den Abgrund gestürzt, der Rest ist in Lawinen umgekommen oder unterwegs erfroren. Einst fand ein Wanderer einen erfrorenen Vogel und rief aus: »Wie den tuschischen Schäfer hat auch dich der Tod unterwegs ereilt.«

Die Geschichten der Tuschen sind Geschichten vom Unterwegssein, von den Bergen ins Tal und vom Tal in die Berge. Schon seit Jahrhunderten kommen die Tuschen zum Überwintern nach Alwani in Kachetien herunter und steigen im Sommer wieder hinauf in die heimatlichen Berge. Früher blieben mehr Leute auch winters in den Bergen; heute überwintert fast niemand mehr dort.
Die Tuschen waren seit jeher ein Hirtenvolk. Die Schäfer lassen ihre Herden in der Steppe von Schiraki überwintern. Tuschetien-Alwani-Schiraki bilden das Dreieck, in dem der Jahreszyklus vieler Tuschen verläuft; manches Leben endet auch innerhalb dieses Dreiecks, und dann erscheint ein neuer Dogi am Wegesrand.
Das Schäferleben ist unerbittlich hart. Kein einziger Schäfer wünscht sich für seinen Sohn, dass er in seine Fußstapfen tritt.
»Gibt es unter ihnen eigentlich gar keine Frauen?«
Nein, Lucy, es gibt keine Frauen. Es hat nie welche gegeben. Während die aserbaidschanischen Schäfer mit ihren Familien unterwegs sind,

ist eine tuschische Schäferhütte ein reiner Männerclub, mit zotigen Sprüchen, Männerfreundschaft, Kameradschaft und gegenseitigem Beistand.

Oberhalb des Dorfs Bikurta sind wir bei Schäfern zu Besuch. Es ist gerade vier Uhr, und einer der Schäfer wird die auf den Bergflanken verstreuten Schafe bald zum Melken hinuntertreiben. Zum ersten Mal gemolken wird um vier Uhr in der Früh. Die Melker versuchen, den Schlaf tagsüber nachzuholen. Jetzt gehen sie wie Schlafwandler umher; die Arbeit steht ihnen bis zum Hals, aber uns zu Ehren wird trotzdem ein kleines improvisiertes Supra, ein georgisches Festessen, aufgetragen.

Die Gegenwart einer Frau in einer Schäferhütte ist ungewöhnlich und scheint irgendwie unnatürlich. Lucy spürt das.

»Keiner sieht mir in die Augen, warum?« Sie fühlt sich etwas verloren in diesen hohen Bergen, in Gotschas Erzählungen, inmitten unrasierter Männer.

Ich zucke die Schultern. Erkläre ihr, dass sie ihr aus reiner Höflichkeit nicht in die Augen blicken, darin liegt nichts Negatives, auch keine Arroganz und nichts Beleidigendes. Sowohl Lucy als auch die Schäfer sind schüchtern, und um die Angespanntheit zu lockern, ist ein Trick vonnöten: Mit seinem unnachahmlichen schelmischen Lächeln fördert Gotscha aus dem Rucksack eine Literflasche Schnaps zutage. Für Lucy wird ein besonderes Trinkbehältnis gebracht: die abgeschnittene Patronenhülse eines großkalibrigen Maschinengewehrs. Lucy leert den Schnaps, nimmt sich dazu von dem Schafsquarkkäse und versucht die filterlosen Zigaretten der Schäfer.

Ich nenne Lucy »die wilde Berliner Frau« und scherze, sie mache so schnelle Fortschritte – oder Rückschritte –, dass wir sie bald mit nur einem großen Messer und einem Kompass ausgerüstet an einem menschenleeren Ort aussetzen können.

Wir befinden uns auf zweitausend Metern über dem Meer, trotzdem ist es heiß unter der blauen Plane, solange die Sonne scheint. Aber wenn die Sonne weg ist, wird es plötzlich kühl. Der Schnaps macht mich träge. Ich rauche und lausche den Gesprächen der anderen.

In seiner Jugend hat Gotscha drei Jahre lang als Schäfer gearbeitet. Ich liebe es, wenn er seine Schäfererinnerungen hervorholt. Überhaupt mag ich Menschen, die spüren, was in ihrem Leben wichtig ist und was nur zweitrangig, wonach zu sehnen sich lohnt und was kein Bedauern wert ist. Ich spüre, dass diese drei Jahre für Gotschas Lebensweg sehr bedeutsam waren. Unseren Gastgebern stellt er sachkundige Fragen; sie sprechen über Schafe und Schäfer, über Raubtiere und treue Hunde. Auf ihre Hunde verlassen sich die Schäfer voll und ganz: Wenn sie sich an Vergangenes erinnern, geht es immer wieder um berühmte alte Schäfer und ihre famosen Hunde.
Wenn es während unserer einwöchigen Tour vorkommt, dass wir auf jemanden treffen, der Gotscha nicht kennt, so wird dieser aufgrund seiner Sprechweise doch als Tusche identifiziert und dann immer nach seiner familiären Herkunft gefragt. »Ich bin ein Enkel von Qasara«, erklärt Gotscha jedes Mal schlicht, worauf jeder lächelnd mit dem wiederkehrenden Spruch antwortet:
»Qasar, die Hütte ist dein ...«
Und Gotscha ist glücklich, dass sie sich erinnern. Was seinem Großvater in seiner Jugendzeit zustieß, lebt im Gedächtnis der Menschen weiter.

Das Geschehnis trug sich auf der Winterweide in der Ebene von Schiraki zu. Es ist Abendzeit, als vor den kisiqischen[4] Schäferhütten eine Leninka - eine kleine Kutsche - hält, die von einer städtisch gekleideten jungen Frau gelenkt wird. Sie ist auf dem Weg zur Schule von Saingilo,

4 Kisiqi: historische Gegend in Kachetien im Osten Georgiens. Anders als in den anderen Gebieten Kachetiens gab es in Kisiqi keine Leibeigenschaft; die Kisiqen waren frei und gehorchten direkt dem König. (Anm. d. Ü.)

wo sie eine Stelle als Lehrerin antreten soll. Es wird bald dunkel, und sie bittet die Kisiqen um Unterkunft. Diese sind durchaus bereit, sie zu beherbergen, aber etwas in ihrer Haltung alarmiert die junge Frau. Sie lässt die Peitsche knallen und setzt den Weg fort. Doch sie kommt nicht weit. Die Nacht bricht herein, und sie hält die Kutsche bei der nächsten Schäferhütte an, bittet wiederum um Obdach. In der Hütte befindet sich nur ein tuschischer Junge, der ihr eine Herberge bietet. Dieser Junge ist Qasara, Gotschas Großvater.
Kurz darauf machen sich die betrunkenen Kisiqen zu Qasaras Hütte auf – sie haben es auf die Frau abgesehen. Wollen ihr Gewalt antun. Dem Tuschen schlagen sie vor, sie als Erster zu nehmen. Ein sabbernder alter Hinkefuß tut sich besonders hervor und sagt ganz zapplig: »Qasar, die Hütte ist dein, also sollst du den Vortritt haben ...« Als Antwort holte Qasara sein Gewehr hervor, ein damals beliebtes Berdan-Modell, lud es durch und richtete es auf die Angreifer.
Manchmal genügt das Klicken der Gewehrsicherung, um Feiglinge wirkungsvoll abzuschrecken. Andernfalls hätte Qasara auch Schüsse folgen lassen. Die Frau wurde verschont und setzte am folgenden Tag unversehrt ihren Weg fort. Jahre später sollte sie im Tbilisser Stadtviertel Awlabari wieder auf Qasara treffen, der dort auf dem Basar Käse verkaufte, aber das ist eine andere Geschichte.
Diese mündlich weitergegebene Legende kann datiert werden. Gotscha rechnet nach. Das Geburtsjahr seines Großvaters ist bekannt, denn Qasara pflegte zu erzählen, er sei damals siebzehn oder achtzehn Jahre alt gewesen. Der Vorfall in Schiraki muss also in der Zeit der Ersten Georgischen Republik passiert sein, während der drei Jahre andauernden Unabhängigkeit Georgiens. In der Zeit der lang ersehnten und gleichzeitig unerwarteten Freiheit, einer kurzen Periode voller Hoffnungen und Erwartungen. Was bewegte eine alleinstehende Frau dazu, in dieser unruhigen Zeit einen so weiten Weg auf sich zu nehmen? Wahrscheinlich vertraute sie darauf, dass ihr schon nichts passieren würde, denn sie war ja in hehrer Mission unterwegs. Was konnte einer Frau zustoßen, die sich aufmacht, um kleinen Kindern Georgisch, Literatur und Geschichte beizubringen? Einer, die

an den Edelmut ihres Volkes und an die Lauterkeit des außerstädtischen, pastoralen Georgiens glaubt?
Die Hütte ist dein, Qasar ...
Mit der Erinnerung ist es eine seltsame Sache: Alles, was von dem glücklich endenden Vorfall zurückbleibt, ist der Ausruf eines schmierigen Halunken, der zu einer feststehenden Wendung geworden ist. Nur wenige mögen sich noch an das Geschehnis erinnern, doch der Ausruf geht jedem Schäfer leicht von der Zunge.
Wir sind wieder unterwegs. Gotscha weist auf jedes Dorf im Pirikita-Alasani- und Gomezari-Tal hin und wiederholt für Lucy mehrmals und nachdrücklich ihre Namen. Wozu? Wozu sollte sich Lucy an Wörter erinnern wie »Alisgori«, »Kwawlo«, »Koklata«, »Girewi« und andere fremd klingende Namen?
Was nimmt sie mit, was bewahrt sie als subjektiven Eindruck von dieser Tour zu dritt durch diese wunderschöne Bergregion? Wir fühlen uns gut miteinander, im Gespräch und im Schweigen. Wir sind alle in dem Alter, wo wir sowohl einen guten Reisegefährten als auch das Alleinsein zu schätzen wissen.
In dem Familienhotel, wo wir übernachten, werden wir bei Tisch von den Frauen bedient und von den Männern zum Trinken eingeladen. Wieder ist Lucy allein unter lauter Männern.

»Welche Möglichkeiten hat denn eine Frau hier, ihr eigenes Leben zu führen? Hat sich je eine Hiesige einen Namen gemacht?«, fragt mich Lucy.
»Ja, natürlich ...«
Lucy scheinen die tuschischen Frauen unterdrückt und bedrückt. Dabei – wo wenn nicht bei uns in den Bergen, gibt es freie und sogar ein bisschen ruppige Frauen, und dies ganz besonders in Tuschetien.
Was bekannte Tuschinnen angeht, kommen mir als Erste die Tataraidse-Schwes-

tern in den Sinn. Die eine ist eine gute Dichterin, die andere eine hervorragende Interpretin tuschischer Volkslieder. Wenn Lela Tataraidse singt und sich selbst auf dem Akkordeon begleitet, kommen mir die Tränen – ungefähr mit diesen Worten sage ich das und erzähle Lucy, wie ein Europäer, ein Holländer, glaube ich, Lela Tataraidse mitnahm in sein Land, damit sie dort sein todkrankes Kind in den Schlaf sänge.
Es gibt Geschichten, die ich nie werde erzählen können, ohne innerlich aufgewühlt zu sein. Die lange Reise einer alleinstehenden Frau mit Akkordeon ... Am Ende der Reise das Sterbebett eines Kindes ... »Schlaf, Kindlein, schlaf ...« In solchen Geschichten ist der Mensch erbärmlich und groß zugleich.
Das tuschische Akkordeon ist ein Instrument für Trauerfeiern und Freudenfeste. Aus Kachetien kommend durchquerte einst eine Tuschin zu Pferde den Alasani an der Stelle, wo der Fluss noch ein Bergbach ist und Ziplowana heißt, als ihr das Hochwasser ihre beiden zu beiden Seiten des Sattels im Quersack steckenden Kinder entriss. Wahrscheinlich war es Frühjahr gewesen. Ich selbst hatte im August den Alasani an genau derselben Stelle durchritten; das Wasser hatte dem Pferd nicht einmal bis zu den Knien gereicht.

In welchem Jahr die Kinder der Tuschin zu Tode kamen, wissen wir nicht. Auch dies ist eine der Geschichten ohne Datum. Ebenso wenig existiert ein Dogi im Gedenken an die im Wildwasser ertrunkenen Kinder. Was bleibt, sind die Verse der schreckensstarren Mutter und das Klageliedmotiv, das ihr Schmerz dem Akkordeon entrang und das bei den Tuschen als »Ziplowana« bekannt ist.
Wir sind wieder unterwegs und wieder gibt es die obligatorischen Zwischenhalte in den Dörfern. Gotscha verteilt seine Broschüren. Wir genießen die Schönheit der Natur. Alles steht in Blüte. Mai und

Juni sind sehr regenreich gewesen und jetzt überzieht wogendes Grün ganz Tuschetien.
Lucy gefällt die Gegend sehr, aber eigentlich seien ihr, die in Hamburg in Meeresnähe geboren ist, die flachen Weiten lieber. Das Meer vermittelt Ruhe. Ich weiß genau, was sie meint; die Berge können für einen Flachländer, umso mehr, wenn er empfindsam ist, zu einem Ort großen inneren Aufruhrs werden und klaustrophobische Gefühle wecken. Das habe ich mehr als einmal erlebt ...
Mir kommt ein Dogi in den Sinn, den Lucy nicht wird besichtigen können. Es ist ein einfaches Mahnmal hoch in den Bergen, wohin kein Auto gelangt. Zu Fuß sind mehrere Tagesmärsche nötig, um den Ort zu erreichen. Ein Ort, der dazu wunderschön ist; von da aus verläuft der alte Saumweg über den Kaukasus-Kamm - gleichzeitig eine Wasserscheide - und den Nakerala-Grat hinunter nach Kachetien. An einer der schönsten Stellen auf diesem herrlichen Weg kam eine russische Armeeveterinärin zu Tode, eine Talbewohnerin und Fremdstämmige. Die Geschichte trug sich während des Zweiten Weltkriegs zu. Damals waren Sowjettruppen nach Tuschetien hochgekommen. Die Deutschen standen schon am Fuß des Kaukasus; kurze Zeit zuvor hatte eine als Saman[5] bekannte tuschische Widerstandsgruppe einen prodeutschen Aufstand angezettelt, einige Terroranschläge begangen und die Unabhängigkeit Tuschetiens ausgerufen. Weil sie vom Wintereinbruch überrascht wurden, mussten die Aufständischen sieben Monate in den Bergen ausharren, wurden aber schließlich alle massakriert. Die Russin war mit den Truppen hochgekommen. Diese verlangten von den Einheimischen Reittiere. Die Tuschen jedoch wollten ihnen keine Pferde überlassen, sondern versteckten ihre Tiere. Die Frau insistierte. Obwohl der Besitzer sie warnte, sein Pferd sei eigensinnig und ließe keinen außer ihn selbst

---

5 »Samani« ist einerseits das georgische Wort für »Grenze«, »Grenzstein«, andererseits die Abkürzung für die antibolschewistische georgische Widerstandsorganisation *Sakartwelostwis mebrdsoli achalgasrda nazionalisti*. (Anm. d. Ü.)

auf seinen Rücken, blieb die Frau stur, und wirklich warf sie das Pferd ab und sie blieb mit einem Fuß im Steigbügel hängen; das rasend gewordene Pferd schleifte sie lange über die Steine, und als es schließlich stehen blieb, war die Frau tot. Damals kam niemandem in den Sinn, an der Unfallstelle ein Mahnmal zu errichten. Jahrzehnte vergingen, bis ein festfreudiger Tusche beschloss, dort ein Dogi aufzustellen. Normalerweise wird die Errichtung eines Dogi mit der rituellen Schlachtung eines Opfertiers und einem Supra zum Gedenken der verstorbenen Seele begangen. Diesem Mann aber ging es nur um einen Grund zum Feiern, und da fiel ihm sinnigerweise die hier vor langer Zeit verunglückte und ihm völlig unbekannte Frau ein.
Diese Dogi-Geschichte ist ziemlich speziell – sehr georgisch, für mich liegt auch etwas Melancholisches darin, dazu eine für uns typische Art verantwortungsloser Verantwortung und vieles mehr, jedoch kein Gran Zynismus.
Lucy überkommt Rührung angesichts von Gotschas Verbundenheit mit seiner Heimatgegend, hat er doch so viele Verwandte und Freunde in Tuschetien, dass wir überall mit Freuden empfangen werden. Auf dem Weg nach Dartlo überholen wir einen Traktor, an dessen Steuer ein Onkel von Gotscha sitzt. Gotscha holt den Schnaps heraus, um das Treffen zu feiern, aber der Onkel hat es eilig. Einige Kilometer entfernt ist ein anderer Traktor von der Straße abgekommen und den Abhang hinuntergefallen, und der Onkel ist auf dem Weg, um ihn hochzuschleppen. Gotscha kann ihm nur eine seiner Broschüren übergeben. Ein geschickter Traktorist ist in den Bergen eine sehr wichtige Persönlichkeit.
Noch sind die Dörfer wenig bevölkert. In etwa zwei Wochen wird es voller werden, dann beginnen die Kultfeste und wandern von Dorf zu Dorf, binnen kurzer Zeit beleben sich die verlassenen Siedlungen und Betstätten, fast die gesamte Tuschenbevölkerung kommt hoch und unzählige Schafe werden geschlachtet. Die schiere Zahl der Opfertiere würde Lucy wohl in Schock versetzen.
»Immer und immerdar mögen wir gesegnet sein!«, rufen die Tuschen und leeren das Kultbier, das an der heiligen Stätte gebraut

wurde, den Wein und den Schnaps, die aus dem Tal hochgebracht wurden. »Immer und immerdar mögen wir gesegnet sein!« In Gotschas Broschüren stehen noch andere Sprüche; mit selbstloser Hingabe, Begeisterung und Ausdauer versucht dieser Mann, das verlorene Gedächtnis wiederherzustellen, manchmal überreicht er, ohne auszusteigen, direkt aus dem Auto hinaus eine oder mehrere Broschüren an Menschen, die am Wegrand stehen, und wenn wir wieder losfahren, sehe ich im Rückspiegel, wie die Tuschen das Büchlein in der Hand drehen und wenden.

Was sind Sitte und Brauch, die nur noch mechanisch, ohne bewusstes Wissen befolgt werden? Und kann das Auswendiglernen der passenden Sprüche etwas ändern?

Einst wurde das Christentum mit Feuer und Schwert in unsere Berge gebracht. Die ansässigen Gottheiten wurden verdrängt, aber nicht vollständig niedergezwungen. Der Glaube der Tuschen und anderer Bergbewohner des östlichen Kaukasus ist eine eigenartige Mischung aus zwei Religionen, einer alten und einer neuen. Die örtlichen Gottheiten, die sogenannten Gotteskinder, nahmen den christlichen heiligen Georg als ihren Bruder an, weil auch er ein Krieger, ein Reiter war wie sie. Die Gotteskinder sind die am Himmel verstreuten Sterne, die dreihundertfünfundsechzig Kinder der weiblichen Sonne und des männlichen Monds, der die höchste, ordnende Gottheit ist. Auf der Erde erscheinen sie als berittene Krieger, ihre irdischen Behausungen sind primitive kleine Betstätten. Es genügt, wenn ein aus seinem Dorf vertriebener Bergler einen Stein von der alten Betstätte mitnimmt und ihn an einem neuen Ort niederlegt, darum herum einen Schrein errichtet und ein Tieropfer darbringt: Die Gottheit wird kommen und sich in der neuen Behausung niederlassen. Auf diese Weise wanderten die Gottheiten in den Bergen und auf diese Weise erschienen immer neue heilige Betstätten.

Auch die wichtigste Betstätte in Tuschetien, Lascharis Dschwari[6], ist so entstanden – aus einem einzigen aus dem benachbarten Pschawien hergebrachten Steinzeichen. Auch dies ist wieder eine undatierte Geschichte, die Geschichte vom tuschischen Helden und Banditen Giorgi Tilidse, der die Pschawier immer wieder überfiel und ihnen das Vieh raubte. Der Zwist zwischen Tuschen und Pschawiern wird in vielen Volksgedichten besungen. Schließlich versöhnte sich Tilidse mit den Pschawiern, schlachtete an ihrer wichtigsten Betstätte, Lascharis Dschwari, ein Opfertier und nahm ein Steinzeichen mit sich fort, das er von Berg zu Berg mit sich trug, bis er es oberhalb des Dorfs Tschigho ablegte. Deshalb gibt es sowohl in Pschawien wie hier in Tuschetien ein Laschari-Heiligtum.

Das Laschari-Fest findet am hundertsten Tag nach Ostern statt und ist der höchste Feiertag in Tuschetien. Unzählige Schafsköpfe kullern die Abhänge hinunter. Es gibt Pferderennen, tollkühne Ritte auf rasend dahinstürmenden ungesattelten Pferden und auch große Besäufnisse. Lucy wird das alles nicht erleben. Denn unsere Tour ist dann schon längst zu Ende. Auch die tuschischen Betstätten kann Lucy nur von Weitem sehen, da es Frauen verboten ist, sich ihnen zu nähern.

Die Nacht vor unserer Rückreise verbringen wir in Omalo in einem richtigen Hotel. Jeder hat sein eigenes Zimmer mit eigenem Bad. Eine wahre Wonne. Zum letzten Mittagessen laden wir ein Paar aus Südtirol ein, das wir in Dartlo kennengelernt haben.

---

6 Laschari: kaukasische Gottheit; Dschwari: Bezeichnung sowohl für eine Gottheit als auch für ihr Heiligtum, im Christentum Bezeichnung für »Kreuz« (Anm. d. Ü.)

Man sieht ihnen an, dass auch sie aus den Bergen stammen, besonders dem jungen Mann, ein kleiner, untersetzter, quirliger Mensch. Wir unterhalten uns über den bekanntesten Südtiroler, Reinhold Messner, der sich kurz vor unserer Abreise nach Tuschetien in Tbilissi aufhielt; bei dem Bankett ihm zu Ehren war auch ein Platz für mich reserviert gewesen. Aber ich konnte mich nicht überwinden hinzugehen. Ich hätte diesen Mann nicht mit Leuten teilen können, die seine Bücher nicht gelesen und die keine Ahnung haben, was ein Berg ist.
Übrigens entpuppte sich der Südtiroler als Sohn von Messners engstem Freund. Während ihrer Wanderung in Tuschetien schliefen er und seine Freundin in einem Zelt, das sie von dem großen Bergsteiger geschenkt bekommen hatten. Ja, die beiden hatten eine andere Reise als wir, eine viel gefährlichere: Als Paar zu reisen ist immer ein Risiko. Wer weiß schon, ob man sich näherkommt oder sich einander entfremdet?
Anderntags bieten wir den Tirolern an, mit uns im Auto hinunterzufahren. Wir hatten ja genügend Platz im Landrover. Sie nahmen das Angebot erfreut an. In Gedanken sind wir alle schon im Tal. Die letzte Broschüre ist überreicht. Ich meinesteils weiß, dass ich in Lucy einen neuen guten Menschen gewonnen habe und wir uns in Tbilissi nur bis zur nächsten Begegnung voneinander verabschieden. Aus Tuschetien bleiben mir zahllose Geschichten und Eindrücke, und einige davon werde ich ganz allein für mich behalten.
Mit dem Alter wird mir immer mehr bewusst: Noch teurer als die geschriebenen Bücher sind einem Autor die ungeschriebenen.

Übersetzung aus dem Georgischen von Rachel Gratzfeld

Archil Kikodze, geboren 1972, ist Autor von Erzählungen, Kurzgeschichten und Essays, Fotograf und Schauspieler. Außerdem arbeitet er im Ökotourismus und ist Verfasser mehrerer Naturreiseführer über georgische Naturschutzparks. Die Natur, die Veränderungen von Landschaft und Bewohnern sowie das Unterwegssein sind auch in seinen literarischen Werken wichtige Motive. Im preisgekrönten Film »Blind Dates« (Lewan Koguaschwili 2013) spielte er eine der Hauptrollen.
Preise: 2016 Preis der Staatlichen Ilia-Universität für den besten Roman des Jahres; 2014 SABA-Preis für die besten Erzählungen; 2008 GALA-Preis; 2003 Tbilisi-International-Book-Fair-Preis für das beste Debüt.
Werke: »Samchretis spilo«, Roman, Bakur Sulakauri 2016 / Deutsche Übersetzung von Nino Haratischwili: »Der Südelefant«, Roman, Ullstein 2018; »Tschitis da kazis ambawi«, Kurzroman und Erzählungen, Siesta 2013 / Deutsche Übersetzung von Natia Mikeladse-Bachsoliani: »Die Geschichte von einem Vogel und einem Mann«, Roman, Ullstein 2018; »Mqudro«, Erzählungen, Saari 2008

Kachetien
Ober-
Imeretien
Schida Kartli
Tiflis
Kachetien
chetien

1624

GEFAHRENWERDEN

ULLA LENZE

Erst mal: Du brauchst Gefühl. Dann: eine leichte Hand. Dann: Zwiebeln.
So beginnt das Rezept für Adschapsandali. Blütenduft und eine leichte Kühle ziehen vom Garten zu uns auf die Terrasse, es ist bereits dunkel. Meine georgische Schriftstellerkollegin Tamta Melaschwili und ich sind in Kwemo Alwani, einem Dorf, das am Fluss Alasani liegt und auf den ersten Blick nur aus Häusern mit Gärten besteht (auf den zweiten Blick auch; es gibt wohl einen kleinen Dorfkern mit Lebensmittelläden). Gotschas Mutter, bei der wir wohnen, hat für uns gekocht. Gotscha ist für die nächsten sechs Tage unser Fahrer und Reiseführer durch Kachetien.

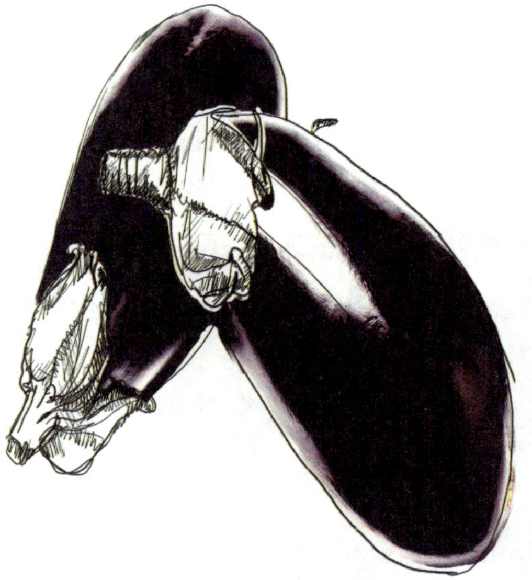

»Meine Mutter sagt, du brauchst von allem zehn Teile«, übersetzt Gotscha für mich weiter. »Zehn Zwiebeln, zehn Tomaten, zehn kleine Auberginen, zehn Karotten, zehn Paprika. Das zerkleinerst du und schichtest es getrennt in einem großen hohen Topf. Auf jede Schicht kommt ein bisschen Olivenöl und ein bisschen Essig. Deshalb hat meine Mutter am Anfang gesagt: Gefühl.
Kräuter: Petersilie und Koriander – auch mit Gefühl.
Wenn der Topf fertig geschichtet ist, stellst du ihn auf eine niedrige Flamme. Salz mit Gefühl. Ein bisschen scharfe Peperoni. Du schließt den Deckel und lässt das Ganze etwa eine Stunde köcheln. Du darfst nicht umrühren.«

Adschapsandali ist eins dieser Gerichte, die von Anfang an gut und mit jedem Löffel nur noch besser schmecken. Auch alles andere auf dem langen Holztisch, an dem wir sitzen, schmeckt köstlich, die gegrillten Auberginenscheiben, das Spinatpüree, der Tomaten-Gurken-Salat, der grüne Salat, das Fladenbrot, mehrere Sorten weißer Käse. Das Gemüse ist aus der Gegend, die Kräuter aus dem Garten, nichts aus fernen Ländern eingeflogen, alles schmeckt intensiv und lebendig. Die Eier sind von den eigenen Hühnern. Auch der Wein, besonders der bernsteinfarbene Weißwein, den Gotscha selber anbaut, schmeckt.

Gotscha ist bildender Künstler und viel in Europa unterwegs. Ganz früher war er Hirte. Den Jeep, mit dem er uns fährt, hat er in der Eifel erworben. Er besitzt mehrere Felder (um die sich ein Verwandter kümmert), einen Weinberg und einen Weinkeller, er wohnt mit Frau und Kindern in Tbilissi, und er arbeitet als Georgien-Reiseführer. »Er hat über zehn Leben«, sagt seine Mutter über ihn, sagt es mit Stolz und Kopfschütteln zugleich. Und dann, mit Blick auf den Salat zu Gotscha: »Der hat ihnen nicht geschmeckt.« Doch! Und wie! Also auch davon das Rezept bitte. Das Geheimnis, erfahre ich, sei der Essig. Der wird aus dem selbst angebauten Wein gemacht. »Ich gebe dir

ein Fläschchen mit nach Berlin.«
Ich hatte mir Kachetien ausgesucht. Weinberge, Klöster, Kirchen und ein bisschen touristische Infrastruktur. Nach einem Bandscheibenvorfall galt mein Interesse nicht der Grenzerfahrung in einsamen Gebirgsgegenden ohne Handysignal. Außerdem haben mich sakrale Orte immer interessiert. Wein natürlich auch.
Den Georgien-Reiseführer habe ich in Berlin auf dem Küchentisch liegen lassen; nicht absichtlich, auch wenn ich spontanes Reisen sehr mag. Ich habe bei Besichtigungen nie verstanden, wie sich ein konkretes Erleben vor Ort, etwa der Anblick von Fresken an einem alten Klostergemäuer im Wald, oder das Rauschen des Windes, das Gefühl des schorfigen Steins zu gleichzeitig dargebotenen Jahreszahlen und Namen verhält.
Ich habe den Eindruck, mit dem Blick ziemlich direkt in diese Landschaft hineinzustolpern.
Ich sehe Wiesen mit Margeriten und Butterblumen. Esel, Pferde. Eine Landschaft, in der nichts anderes vorkommt als sie selbst. Grüne Hügel, majestätisch und weich. In der Ferne manchmal die silbriggrauen Bergketten des Kaukasus. Obwohl ich noch nie hier war, kommt mir vieles vertraut vor. Mich erinnert etwas an die Kindheit, vielleicht legen sich auch nur das einst kindliche Empfinden von

Einfachheit und die stille, weitgehend werbeplakatfreie Landschaft übereinander. Kein hässliches 21. Jahrhundert, das sich mit seinen Handyflatlines wichtigtuerisch in den Blick schiebt.
Mal trotten Hunde über die Straße, mal spielen Kinder an einem Fluss. Männer unter Nadelbäumen sitzend, an Tischen, Karten spielend. Tiefe Schatten, Licht. Es versetzt mich in eine Zeit, in der ich klein genug war, mich der Obhut der Welt zu überlassen.
Mittags machen wir halt in einem Dorf. Hier ist es sehr still, nur die Frösche quaken und die Blätter rauschen im Wind. Wir sitzen auf der überdachten Terrasse eines Lokals mit Blick auf die Dorfstraße. Man bereitet uns diese Teigtaschen zu, über die man noch eigens Öl träufelt, den Namen werde ich noch lernen. Dorfhunde, darunter ein schöner Bernhardiner. Ereignislosigkeit. Verschlafenheit. Salz in Schüsselchen.
Dann fahren wir weiter.
Oder ist es das Gefahrenwerden, das mir ein Kindheitsgefühl vermittelt? Ich weiß nicht einmal, wohin. Gotscha hat alles organisiert. Auch wo Tamta, er und ich auf dieser Reise wohnen (und er macht ein kleines Geheimnis daraus; erst als seine Mutter mir zur Begrüßung in die Wange kneift, da ist das Rätsel gelöst).
Als ich beim Aussteigen an einem Bergbach, an dem wir unsere Wasserflaschen füllen wollen, in einen Kuhfladen trete, reicht er mir Babyfeuchttücher aus dem Kofferraum seines Jeeps.
»Hast du ein Baby?«, frage ich.
»Zwei.«
»Zwei?«
»Euch beide.«
Dann eine holprige Fahrt bergaufwärts durch den grünen Schlauch der Laubwälder. Oben auf dem Gipfel eine Wehrmauer, dahinter ein Gebäudekomplex mit Burgruine und kleiner Kirche. Die Kwetera-Burganlage. Die grüne Kuppel leuchtet im Sonnenlicht. Die Stille summt, vielleicht die einzelnen Fliegen, die sie hörbar machen, und eine leise knarrende Tür im Wind. Gotscha, auf der Mauer sitzend, sagt: »Diese Mauer hat alles gesehen, Hass und Liebe.«

Im Kirchenraum weist er mich auf die schwarz verrußten Wände hin. Spuren aus religionsfeindlicher sowjetischer Zeit. Weil die Kerzenhalterungen fehlten, trat man mit der Kerze dicht an die Wände, an denen die Ikonen hingen, auch um das Licht mit dem eigenen Körper zu verbergen. Später lese ich: 1917 waren in Georgien noch 2455 Kirchen in Betrieb, Mitte der Achtziger nur noch 80. Doch dank der Reformpolitik Gorbatschows und dem Einfluss des georgischen Patriarchen Ilia II. erlebt die georgisch-orthodoxe Kirche seit den späten Achtzigern eine Renaissance.
Im Kloster Alwani, ein paar Tage später, ist das zu spüren. Ein Gesang, der mir ans Herz fasst, da ist etwas so Reines und Aufrichtiges. Um den Altar stehen Männer und Frauen, gehen gemeinsam in die Knie, den Kopf gesenkt, dann erheben sie sich wieder, bekreuzigen sich, ein bisschen vertraut ist mir das alles durch die katholische Liturgie. Es ist sehr schön, sehr friedlich und sehr nah.

Wie verbindet sich das, was sich unmittelbar atmosphärisch überträgt, mit dem später angelesenen Hintergrundwissen? Wird das Gefühlte ungültig, muss dem Reich der Fantasie zugeschlagen werden? Die georgisch-orthodoxe Kirche scheint wenig beliebt in aufgeklärten liberalen Kreisen; man findet allerhand kritische Berichte und Dokus über eine mächtig gewordene und konservativ ausgerichtete Kirche, die homo- und islamophob sei, ja sogar vor Yoga warne.
Und doch sehe ich in der Erinnerung immer die hellen Gemäuer in der grünen Landschaft aufscheinen und fühle die Stille. Die hellen Klöster sind so still, sie haben die Stille der Landschaft aufgesaugt. Auch das ist wahr.

Eine umgekehrte Situation, in der die Information zuerst da ist und die Wahrnehmung steuert, ergibt sich bei unserem Besuch des Pankissi-Tals, wo eine muslimische Minderheit lebt. Zuerst weiß ich nicht mehr als das, schaue aus dem Autofenster auf kopftuchtragende Frauen in langen Mänteln und bärtige Männer.

Die muslimische Gemeinde macht in Georgien nur etwa zehn Prozent der Gesamtbevölkerung aus. Im Pankissi-Tal lebt seit dem 19. Jahrhundert die tschetschenischstämmige Volksgruppe der Kisten, etwa achttausend Menschen. Gotscha weist uns auf den guten Zustand der Straßen hin, auch die Verkehrsschilder sind neu. »Minderheitenschutz. Das ist Pflicht für ein Land, das in die EU will.« So erklärt er das. Wir fahren im Dorf Duissi an der neu gebauten Moschee vorbei, aus Backstein und imposant. Teure Autos parken davor. Plötzlich präzisiert Gotscha: Es seien nicht nur muslimische Dörfer, nein, hier hätten sich auch militante, radikale Kräfte entfaltet. Von hier seien über hundert junge Männer in den Dschihad nach Syrien und in den Irak gezogen. Zwei hochrangige IS-Führer stammten aus diesem Dorf. Ich schaue im Internet nach und finde das alles bestätigt. Zwei IS-Milizionäre sind hier geboren, Omar al-Schischani, der bekannte rotbärtige IS-Militärführer, 2016 im Irak bei einem US-Luftangriff getötet. Und Murad Margoschwili, der in Deutschland Kämpfer für Syrien rekrutierte.

Ich bin verunsichert. Ich mache, wie das Pfeifen im Walde, ein Foto von einer Gruppe junger Männer, die uns entgegenkommen, und murmle etwas, das mir erst durch Tamtas Reaktion deutlich wird. Was sagte ich, wenn auch fragend? »Dschihadisten?« Nicht alle in diesem Dorf seien automatisch radikal, erklärt sie mir. Das ist be-

stimmt wahr. Aber doch erstaunlich viele sind es. Wie hat man sich in so einem Dorf als Besucher zu fühlen? Was genau ist ein solcher Besuch? Ich weiß es nicht.
Wir fahren weiter zum nahe gelegenen Naturreservat. Ringsum Felder mit Klee und Margeriten, ein beruhigender Anblick. An einem Bergbach füllen wir unsere Wasserflaschen. In einem Baum entdecke ich leere Schaschlikspieße, sie wurden hier versteckt oder abgelegt. Davor eine Feuerstelle aus Steinen. Unter den Büschen improvisierte Sitzgelegenheiten. Alles ist eingebunden in die Landschaft. Man muss genau hingucken, um es sehen zu können.
Für das Reservat brauchen wir überraschenderweise eine Genehmigung; aber der freundliche Ranger, mit Goldzähnen und starkem Rasierwassergeruch, ist bereit, uns ein Stück weit hineinzuführen. Die Geschichten, die er auf Georgisch erzählt, lassen sich möglicherweise bei Tamta nachlesen. Wir trotten einen engen Pfad abwärts durch einen grünen Dschungel.
Wir verlassen nach vier Tagen unsere Unterkunft in Alwani und brechen nach Sighnaghi auf. In Gremi, am Fuße der Wehrkirche, die auf einem Hügel errichtet ist, stehen wir erst eine Weile vor dem großen Heiligenbild der heiligen Ketewan. Während man mir ihre Märtyrergeschichte erzählt, dämmert mir, Ketewan ist Catharina von Georgien, über die Gryphius das gleichnamige Barockdrama schrieb. Sie starb 1624 in Isfahan den Märtyrertod, weil sie sich weigerte, dem Christentum abzuschwören und zum Islam überzutreten. Der iranische Schah Abbas I. hatte zuvor erfolgslos versucht, Kachetien zu erobern. Hunderttausende starben, die Bevölkerung wehrte sich bis zum Schluss. In den Verhandlungen um die Unabhängigkeit Kachetiens stellte sich Catharina als Geisel zu Verfügung; eine andere Erzählung sagt, Schah Abbas habe sie entführt und wollte sie heiraten, doch auch dem widersetzte sie sich. In Isfahan wurde sie schließlich mit glühenden Eisenstangen zu Tode gefoltert. Nach ihrem Tod gruben portugiesische Augustinermönche ihre Leiche heimlich aus und brachten einen Arm als Reliquie nach Goa an der Westküste Indiens, damals portugiesische Kolonie (nebenbei bemerkt: die portugiesi-

sche Inquisition in Goa verlief sehr grausam). Das Augustinerkloster in Velha Goa zerfiel zwar im 19. Jahrhundert, aber indische Archäologen fanden 2014 vermutlich Catharinas Arm, zumindest weisen DNA-Analysen darauf hin, dass es sich um eine westeurasische Frau handelt. Schah Abbas war mir bei meinen Besuchen Isfahans bekannt geworden als jener König, der viel für die Entwicklung persischer Architektur und der Stadt Isfahan tat; Boulevards, Moscheen, Karawansereien, öffentliche Bäder, Gartenanlagen. Auch in Alt-Goa bin ich mehrmals gewesen. Von der einstigen Hauptstadt, die als das Rom Asiens galt, ist heute nur noch ein Cluster riesiger unheimlicher Kathedralen übrig, die gespenstisch aus dem grünen Dschungel ragen. Ich erinnere mich daran, wie ich dort herumlief, in jenen Wintern, die mich nach Indien führten. Und ich erinnere mich, dass man mir von Catharina erzählte. Wir hatten die gleichen Stationen, nur in umgekehrter Richtung.

Es ist eine gängige Route, stellt sich heraus. In Sighnaghi treffe ich auf junge Reisende aus Australien und aus den USA, die zuvor in Indien und dann im Iran waren. Sighnaghi ist anders als die Orte vorher; ein *world traveller feeling* kommt auf. Sighnaghis Altstadt wurde aufwändig renoviert (das Wort »Sighnhaghisierung« deutet darauf hin, dass nicht alle mit dem Ergebnis einverstanden sind), an den Hoteltüren leuchten nun Kreditkartenzeichen und Gütesiegel von TripAdvisor. Wir beziehen eine einfache Pension, der Eingang führt durch einen schmalen Kiosk. Die Familie ist sehr freundlich und an Reisende gewöhnt. Ich esse in einem mexikanischen Restaurant, das von einem Georgier geführt wird, der in L. A. gelebt hat.

Eines der letzten Klöster, die wir besichtigen, ist Bodbe bei Sighnaghi. Die Anlage ist sehr gepflegt und gut besucht, die Aussicht von hier geht weit über das Land. Eine geheimnisvolle Treppe führt durch einen Wald immer weiter abwärts, dort schickt Gotscha uns hinunter (er wird uns dann unten mit dem Jeep in Empfang nehmen). Der Weg scheint gar nicht zu enden. Aus dem sonnenlichtdurchflirrten Wald dringt das Summen von Fliegen. Wir würden uns nicht wundern, plötzlich in einer Märchenwelt anzukommen. Aber dann führt die Treppe unten im Tal schließlich auf einen Platz mit einem kleinen Gebäude, dessen Thermalquellen dafür berühmt sind, dass man aus ihnen als Heiliger hervorgeht. Nach einem kurzen Blick in die dämmrigen dampfigen Grotten beschließen wir, dass es uns dort zu dunkel ist.

Ulla Lenze, geboren 1973 in Mönchengladbach, studierte Musik und Philosophie in Köln und lebt heute in Berlin. Ihr Debütroman »Schwester und Bruder« (2003) wurde mehrfach ausgezeichnet, u. a. mit dem Ernst-Willner-Preis beim Bachmann-Wettbewerb und dem Jürgen Ponto-Preis. Zuletzt erschienen die Romane »Der kleine Rest des Todes« (FVA 2012) und »Die endlose Stadt« (FVA 2015). Ulla Lenze war Writer in Residence in Mumbai, Istanbul und Venedig, ihre Lesereisen führten sie u. a. nach Nordafrika, Iran und Irak. Neben Beiträgen für *Deutschlandradio Kultur* verfasste sie literarische Reisereportagen für *DIE ZEIT, NZZ, FAZ* und *taz.* 2016 erhielt Lenze für ihr Gesamtwerk den Literaturpreis des Kulturkreises der deutschen Wirtschaft.

Women

კახეთი

KACHETIEN

TAMTA MELASCHWILI

Über vermutlich keine andere Region Georgiens sind so viele Gedichte (und wohl auch Lieder) geschrieben worden wie über Kachetien. Das verwundert nicht, denn Kachetien ist eine vielfältige und schöne Gegend, die sich je nach Jahreszeit immer wieder anders und besonders zeigt.
Um die Region wirklich kennenzulernen, bedarf es mehr Zeit als die eine Woche, die für unsere Tour zur Verfügung stand. Wir haben viel gesehen, aber viel mehr bleibt noch zu besichtigen. Was mich auf unserem Reiseweg am meisten beeindruckt hat, darüber will ich nun berichten. Es soll mein ganz eigenes »Gedicht« auf Kachetien sein.

Kwetera

Kwetera oder Kwetari oder Kueteri ist eine befestigte Stadt aus dem 11. Jahrhundert. Sie liegt zwölf Kilometer von Achmeta entfernt, ist jedoch auch nicht weit weg von Tianeti, unserem Ausgangspunkt. Wir legen die Strecke zwischen kamillenübersäten Wiesen zügig zurück.
Eine (ausgeschilderte) Abzweigung von der eigentlichen Fahrstraße führt einen etwa einen Kilometer langen Steilhang zur Festung hoch, die auch von der Straße aus schon zu sehen ist. Kwetera ist, wie alle Festungen in Georgien, auf einer Anhöhe erbaut. Der Aufstieg liegt im Schatten, ein angenehmer Weg, den wir ohne Anstrengung überwinden. Erst gelangen wir zu

dem einen von zwei erhaltenen Toren, dann erreichen wir die Ringmauer und sehen schließlich die Palastruine und eine kleine, grün bedachte Kirche. Die Kirche ist restauriert. Aus dem Palastgebäude, der Ringmauer und den Festungsruinen jedoch sprießen Bäumchen und Blumen. Die Anlage muss um einiges größer gewesen sein. Dies lässt vor allem die weite Strecke zwischen dem ersten Burgtor und der Kirche vermuten. Von der einstigen Burgstadt ist wohl nur ein Zehntel erhalten geblieben.

An Kwetera erinnere ich mich wegen eines Romanklassikers aus dem 20. Jahrhundert, »Die rechte Hand des großen Meisters«[1], der zur Schullektüre gehörte. Der Herzog von Kwetera, Kolonkelidse, übte Verrat an König Giorgi I. Dieser wiederum war verliebt in die Herzogstochter Schorena. Schorena erwiderte seine Liebe nicht, denn sie liebte den meisterhaften Erbauer der Kathedrale von Swetizchoweli. Zur Vergeltung ließ ihm der eifersüchtige König die Hand abhacken. Schorena war tugendhaft und unnahbar; sie hatte weizenblondes Haar und trug orientalische Beinkleider (die bestimmt auch eine Farbe hatten, an die ich mich aber nicht erinnere). In Kwetera wurde sie gefangen gehalten. Das ist alles, was ich von der zwanzig Jahre zurückliegenden Roman- und Schullektüre behalten habe. Was anderes hätte ich wahrscheinlich auch gar nicht behalten können. Denn Schorena ist für mich so farb- und geruchlos, wie es Frauen in der männlich geprägten Literatur im Allgemeinen bleiben.

An diesem Ort kommt mir zwar Schorena in den Sinn, aber den tiefsten Eindruck hinterlässt der Besen, der in der Kirche an einer Mauer lehnt. An seinem Griff ist ein schwarzes Kopftuch festgebunden. Der Besen ist irgendwie schief, unordentlich neben die Schaufel gestellt. So, wie eine erschöpfte Frau ihn in der Eile hinstellt und nach Hause hastet, um, nachdem sie die Kirche sauber gemacht hat, auch zu Hause aufzuräumen, genau so.

---

1 Historischer Roman von Konstantine Gamsachurdia (1893 – 1975). Auf Deutsch erschienen bei Kultur und Fortschritt, Berlin 1969. (Anm. d. Ü.)

Bazara

Der Nationalpark Bazara ist der am wenigsten touristische Naturschutzpark Georgiens. Dies wohl deshalb, weil es, wie sich herausstellt, ein bisschen kompliziert ist, überhaupt hineinzugelangen. Für eine vollständige Besichtigung braucht es eine Spezialbewilligung der Umweltschutzbehörde, die im Voraus einzuholen ist. Unterwegs kommen wir durch das ebenso untouristische, aber wunderschöne Pankissi-Tal. Dieses galt in jüngster Vergangenheit als brenzligstes Gebiet Georgiens. Bis 2004 blühte dort der Waffen- und Drogenschmuggel. Das Tal wurde mehr als einmal Opfer politischer Ränkespiele. Jetzt herrscht zum Glück Frieden und auch wir können gefahrlos Richtung Bazara fahren.

Der Park befindet sich in einiger Entfernung von den Dörfern im Tal. Dazwischen liegt Wald, durch den ein Fluss rauscht. Wir setzen uns in den kühlen Schatten der Bäume. Der Fluss heißt ebenfalls Bazara und ist wie alle Gebirgsflüsse: kalt, lebhaft und tosend. Und sauber. Wer Durst hat, kann ohne Weiteres daraus trinken. Beim Trinken scheint das Wasser nicht mehr gar so kalt und es ist wirklich köstlich. Der wertvollste Baum des Naturschutzparks ist die Eibe (*Taxus baccata*). Auf Georgisch heißt sie *utchowari* oder auch *urtchmela*. Die Eibe ist ein sehr kostbarer Baum, sie wächst langsam und aus ihrem Holz werden teure Möbel gemacht. Auf den ersten Blick halte ich sie für eine Tanne, aber sie hat weichere Nadeln. Im Herbst trägt sie rote, wohlschmeckende Beeren, deren Kerne jedoch nicht essbar sind. Die Kerne sind giftig, und die Nadeln können nur Hasen und Rehe verdauen; alle anderen Tiere rühren

sie nicht an. Mit dem Fruchtfleisch lässt sich offenbar auch Konfitüre machen. Der Bazara-Park wurde 1935 zum Schutzgebiet erklärt, mit ebendem Ziel, die Eiben zu schützen.

Auf unserer Wanderung treffen wir immer wieder auf Eibengruppen. Die größte und älteste Eibe im Park wird »der Patriarch« genannt. Es heißt, sie hätte einen Umfang von 4,80 Meter. Wir haben den Patriarchen nicht gesehen, denn so tief sind wir nicht in den Wald eingedrungen. Manche der Eiben seien an die zweitausend Jahre alt, erklärt uns Gia, der Ranger und unser Begleiter.

Eiben zu fällen ist in Georgien verpönt, auch außerhalb des Parks. Es heißt, wer es wagt, eine Eibe zu fällen, dessen Schicksal sei besiegelt. Auch Eibenäste mit nach Hause zu nehmen ist nicht ratsam. Rund um die Eibe, vielmehr um ihren Namen, ranken sich zahlreiche Legenden, die, wie viele unserer Legenden, mit Königin Tamar zu tun haben. Königin Tamar soll das Verbot ausgesprochen haben, Eiben zu fällen. »Bittet mich, worum immer ihr wollt, nicht aber darum, einen dieser Bäume fällen zu dürfen«, soll sie gesagt haben. Deshalb heißt der Baum im Georgischen *utchowari*, was so viel heißt wie »worum man nicht bitten soll«.

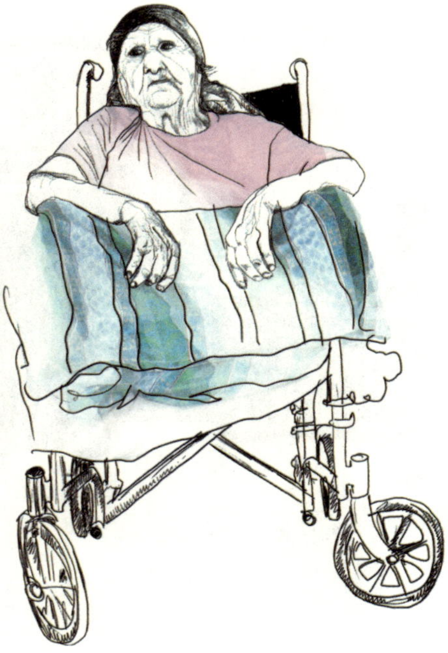

Im Park wachsen auch viele Kastanienbäume. Anscheinend schleichen sich der Kastanien wegen die einheimischen jungen Mädchen in den Wald, sammeln sie auf und verkaufen sie. »Sie sammeln sie und verkaufen sie dann«, so sagt es der Ranger. Von »Stehlen« spricht er nicht. »Ab und zu erwischen wir sie«, erzählt Gia weiter, »aber wir lassen sie laufen und üben Nachsicht. Sie fangen nämlich an zu weinen, sie sind noch jung, Schülerinnen. ›Wir haben keine Schuhe‹, wir haben dies nicht, wir haben das nicht, jammern sie, und wir lassen sie mit ihren Kastanien laufen, was sollten wir sonst tun?«

Gia scheint mir ein wenig verdrossen und ein wenig gereizt. Er erzählt, die Arbeitsbedingungen der Ranger seien hart, die Gehälter niedrig. Aber wenn er von den Bären erzählt, fangen seine Augen an zu leuchten. Einmal, genau hier, wo wir gerade entlangwandern, ist er auf einen Bären gestoßen. Gia schildert den Vorfall so, als sei er einem lieben Mitmenschen begegnet.
Neben Bären und vielen anderen Tieren leben in Bazara auch Dachse. Ich wollte schon immer wissen, wie ein Dachs aussieht. Zwar bin ich auf unserer Wanderung keinem begegnet, aber am Eingang zum Naturschutzgebiet an einer Infotafel habe ich ihn auf einem Foto gesehen. Falls ich je einen Dachs erblicken sollte, weiß ich ihn jetzt zu erkennen.
Am Parkeingang steht ein neues Rangergebäude. Es gibt dort auch noch ein altes Forsthaus, in dem sich früher, in den 1990ern, paramilitärische Gruppen verschanzt haben sollen. Bis dahin waren in dem Haus das Parkmuseum und die Administration untergebracht. Das alte Gebäude wird heute nicht mehr benutzt und beherbergt wohl nur noch die Geister der Paramilitärs. Wie viele von ihnen wohl überlebt haben? Ich frage Gia, was für Paramilitärs hier Unterschlupf fanden, aber er antwortet ausweichend. Er sagt, dass »in jenen dunklen Zeiten« im Naturschutzgebiet Bäume abgeholzt wurden. Ja, offenbar wurde sogar gejagt, aber jetzt ist grundsätzlich alles unantastbar. Nur die Kastanien nicht.
Laut dem Ranger hat der Bazara-Park eine Ausdehnung von siebentausend Hektar und schließt an das Wildschutzgebiet von Ilto an. In der Nähe des Parks gibt es auch einen See, in dem, wie mir versichert wird, Salamander leben. Wir lachen. Halb glaube ich, dass es dort wirklich Salamander gibt, halb nicht.
»Dort gibt es Salamander und hier Wölfe«, sagt Gia, als wir aus dem Wald treten.
»Wenn jetzt ein Wolf von irgendwoher herausgestürzt kommt? Wäre das gefährlich?«, frage ich.
»Nichts ist gefährlicher als der Mensch«, erwidert Gia.
Da widerspreche ich nicht. Er hat recht.

Matnis zchrakara

Das Dorf Matani liegt fünf Kilometer von Achmeta entfernt. Dort, mitten in einem Wald, befindet sich Matnis zchrakara, ein ummauerter Klosterkomplex. Das Hauptgebäude ist eine Basilika aus dem 5. Jahrhundert mit mehreren kleinen Kirchlein rundum. Im Süden steht ein fast zerfallenes Gebäude, das ehemals die Klosterbibliothek gewesen sein soll. Das Kloster ist nicht mehr bewohnt; aus irgendeinem Grund ist die orthodoxe Kirche Georgiens noch nicht bis hierher vorgedrungen mit ihren triumphalen Restaurierungsbestrebungen. Deshalb herrschen hier Frieden und Schönheit wie nirgends sonst in einem Kloster. Denn ich bin im Kloster und mitten im Wald zugleich, kann gleichzeitig an den Wänden die Blumenfresken (wie ich sie noch in keiner georgischen Kirche gesehen habe) betrachten und im Blätterrauschen auf den Kuckuck lauschen, den Specht und das Zwitschern von unzähligen anderen Vögeln, deren Namen ich nicht kenne und wahrscheinlich nie kennen werde. Doch so erstaunlich das klingen mag, mit dem Vogelgesang kann ich auch die Waldesstille hören.

Da und dort sind an den Kirchenwänden verblasste Fresken mit unbekannten Königen und Königinnen erhalten geblieben. Darüber lassen sich in der »gottlosen« Sowjetzeit hingekritzelte Namen und Vornamen sowjetischer »Wallfahrer« einschließlich Datum entziffern. Warum machen Menschen so etwas, warum müssen sie ihre Namen in Klosterwände ritzen?, frage ich mich immer. Wahrscheinlich aus dem hilflosen Bestreben, sich zu verewigen.

Diese Namen sind ein trauriger Anblick, vor allem wenn ein plötzlicher Windstoß die ins Kircheninnere gewehten trockenen Blätter vom vorigen Herbst aufwirbelt.

Die Adlerschlucht

... ist von beeindruckender Schönheit. Sie ist Teil des Waschlowani-Nationalparks und liegt zwei Kilometer von dem Städtchen Dedopliszqaro entfernt. In der Nähe der Schlucht liegt auch das Dorf

Masowka, das früher von Molokanen[2] bewohnt war, einer russischstämmigen Sekte. Ihre farbenfreudigen, hübschen Häuser sind da und dort bis heute erhalten.

Die Adlerschlucht ist einer der besten Orte in Georgien zum Campen und Vögelbeobachten. Bisher war ich immer der Meinung, Vogelbeobachtung sei eine höchst seltsame Leidenschaft. Seit meinem Aufenthalt in der Schlucht jedoch habe ich meine Meinung geändert: Vögel sind wirklich interessante Beobachtungsobjekte. Nicht nur sie zu beobachten ist spannend, sondern auch sich mit ihnen zu beschäftigen, beruflich und vielleicht sogar philosophisch. Ich habe Glück, denn Gotscha, unser Guide, hat den Feldstecher dabei. Auf einem Felsen zu sitzen und durch das Fernglas Vögeln zuzuschauen kann unglaublich faszinierend sein. Gotscha erklärt, dass es hier Gänsegeier, Adler, Milane, Habichte, Störche, ja, fast alle Großvögel gebe. Auch den Paskundschi, den mythischen Vogel Greif. »Wenn du gut Ausschau hältst, siehst du ihn«, sagt Gotscha, »und wenn nicht Paskundschi selbst, dann wenigstens seinen Mist.« Was uns sehr zum Lachen bringt.

---

2 Die Molokanen, übersetzt »Milchtrinker« (sie nehmen an den Fastentagen Milch zu sich), sind eine christlich-spirituelle Gemeinschaft, die sich von der russisch-orthodoxen Kirche getrennt hat. Sie sehen sich in der Nachfolge des Urchristentums. Ab 1830 mussten sie in den Süden des Kaukasus auswandern; Ziel der zaristischen Regierung war, religiös »abtrünnige« Russen aus den zentralen Regionen Russlands zu vertreiben und ethnische Russen in Transkaukasien anzusiedeln. (Anm. d. Ü.)

Natürlich halte ich angestrengt Ausschau und sehe tatsächlich durchs Fernglas einen Paskundschi. Den Vogel und auch seinen Mist. Letzteren fabriziere ich an Ort und Stelle symbolisch aus Blütenblättern von Wiesenblumen. »Ab heute bist du in Georgien die Nummer eins der Paskundschiologie«, erklärt Gotscha.
Es ist der beste Titel, den ich je hatte. Und ich versichere, ich werde ihn immer voller Stolz tragen.

Gremi
Dieser Ort in der Nähe von Qwareli war einst, von 1466 bis 1616, Sitz des Königs von Kachetien. Während dieser hundertfünfzig Jahre war Gremi auch bedeutendes Zentrum für Handel, Wirtschaft und Kultur. Ihr Aufblühen verdankte die Stadt Gremi ihrer Lage nahe der Seidenstraße. Sie beherbergte die Königsresidenz, Paläste, Kirchen, Wohnhäuser, Weinkeller, Bäder, Springbrunnen, verschiedenste Bauten und hatte ein eigenes Wasserleitungssystem. Fragmente der alten Ziegelsteine und andere Überreste sind im Museum von Gremi zu besichtigen.

Wer zum Glockenturm der Kirche hochsteigt und von dort in die Runde schaut, kann sich selbst von Gremis strategischer Bedeutung überzeugen. Nicht nur das: Man hat auch einen wunderbaren Blick über die Alasani-Flussebene. Und wenn man Glück hat, sieht man an seinen Ufern verstreut auch Schafherden (samt Schafhirten).
Gremi gehörte Giorgi I., der gleichzeitig erster König von Kachetien und letzter König des vereinten Georgien war. Danach löste sich

Georgien vom 15. Jahrhundert an in Königreiche und Fürstentümer auf. Über diese Zeit der georgischen Geschichte weiß ich nicht besonders gut Bescheid. Es gab so viele Königreiche und Fürstentümer, Könige und Fürsten, dass wir im Geschichtsunterricht in der Schule mit dem Zählen durcheinanderkamen und uns den Kopf zerbrachen. Angesichts der endlosen Zwistigkeiten und Intrigen zwischen all diesen Königen und Fürsten den roten Faden nicht zu verlieren war schwierig. Deshalb schenkten wir uns die Mühe. Wir lernten gar nicht.
Gremi ist heute einer der bekanntesten Touristenorte in Kachetien. Außer der Kirche und der Ringmauer gibt es ein interessantes Mu-

seum, das auch Werke des namhaften georgischen Malers Lewan Tschoghoschwili zeigt, die er in den 1980ern gemalt hat. Tschoghoschwilis Porträts georgischer Könige sind besonders originell und eigenwillig. Darunter findet sich auch eines von Königin Ketewan, das mir ausnehmend gut gefällt. Königin Ketewan lebte in Gremi und erlitt unter Schah Abbas das Martyrium; portugiesische Missionare retteten ihre sterblichen Überreste und versteckten sie, und Ketewan wurde heiliggesprochen. Auf Ulla, meine Schriftstellerkollegin, macht die unverhoffte Begegnung mit Königin Ketewan hier in Gremi wohl den größten Eindruck. Sie sagt, sie kenne die Geschichte. Sie nennt den Titel eines in Europa bekannten Dramas, in dem Ketewan Catharina heißt. Ich habe versucht, mir den Namen des Autors einzuprägen, leider vergeblich.

Mir sind die Gegend und ihre Geschichte diesmal nicht aus dem Schulunterricht, sondern dank eines dicken historischen Romans in Erinnerung. Ich habe »Die Trauer der Helden« in relativ jungen Jahren gelesen, war noch weit unter dem empfohlenen Lesealter. Der Autor des Romans ist der Schriftsteller und Dissident Lewan Gotua, den die Sowjetregierung mehr als einmal in die Verbannung und sogar in den Gulag schickte[3]. Von der Romanhandlung ist mir nur noch ein Mädchen namens Chaliana in Erinnerung.

---

3 Die Romantetralogie »Die Trauer der Helden« schrieb Lewan Gotua (1905 - 1973) während seiner russischen Verbannung zwischen 1958 und 1962 im Geheimen auf Zigarettenpapier und ließ sie so in die Heimat schmuggeln. Gotua wurde später rehabilitiert. (Anm. d. Ü.)

Sie hieß so, weil sie einen Leberfleck auf der Brust hatte.

Mirsaani: Pirosmani-Museum

Niko Pirosmani (1862 – 1918) ist der weltweit wohl bekannteste georgische Maler. Er wurde im Dorf Mirsaani in Kachetien geboren, wo es heute ein Museum zu seinem Gedenken gibt. Auch das Haus seiner Geburt und Kindheit kann man besichtigen. Außerdem gibt es eine zu Sowjetzeiten errichtete Ausstellungshalle, in der vierzehn Originalgemälde Pirosmanis hängen. Von diesen Gemälden sind mir alle außer einem gut bekannt. »Sona spielt Akkordeon« aber habe ich noch nie gesehen. Und die eben entdeckte »Sona« gefällt mir von allen auch am besten.

Im Museum befinden sich Werke weiterer georgischer Maler des 20. Jahrhunderts. Eine Abteilung ist den kisiqischen Wandteppichen gewidmet; darunter ist auch ein Teppich ausgestellt, den Pirosmanis Mutter gewebt hat. Von den Teppichen ist mir einer besonders im Gedächtnis geblieben: Dargestellt ist auf rotem Grund ein schnurrbärtiger Mann, der neben einem Tisch steht und Stalin und Hitler zugleich ähnelt. Unten am Teppichrand sind der Name der Weberin eingearbeitet – Maria Batiaschwili – und die Jahreszahl 1936. Der Mann auf dem Teppich wird im Volksmund inoffiziell »Diktator« genannt, der offizielle Museumsexponattitel ist jedoch »Der Vorsitzende«. Die Weberinnen aller anderen Teppiche sind unbekannt. Maria kennen wir nur deshalb, weil sie so klug war, ihren Namen mit einzuweben.

Bevor ich das Museum verlasse, schaue ich mir nochmals die Gemälde Pirosmanis an. Nun nimmt ein anderes Bild meine Aufmerksamkeit gefangen: eine Frau mit traditioneller Kopfbedeckung, die auf einem Diwan liegt und einen Brief in der Hand hält. Das Gemälde kenne ich, aber bisher habe ich nie darauf geachtet, was in dem aufgefalteten Brief geschrieben steht:
»Da, seht mich an, in was für einem Zustand ich bin. Seid mir alle gegrüßt, Ihr guten Leute.«
Angeblich ist die Frau auf dem Bild die Mutter von Pirosmanis Patenkind, in die der Maler unglücklich verliebt war. Und der Brief in ihrer Hand ist wohl von Pirosmani selbst.

Übersetzung aus dem Georgischen von Rachel Gratzfeld

Tamta Melaschwili wurde 1979 in Ambrolauri geboren. Sie studierte Internationale Beziehungen in Tbilissi und Gender Studies an der Central European University in Budapest. Sie lehrte an der Staatlichen Universität Tbilissi Gender Studies und publizierte über Feminismus in Georgien. Ihr erster Roman »Abzählen« wurde mehrmals für deutsche und georgische Bühnen als Theaterstück adaptiert.
Preise: 2011 SABA-Preis für das beste literarische Debüt; 2012 Nominierung für die Shortlist der Hotlist der Unabhängigen Verlage; 2013 Deutscher Jugendliteraturpreis (Kategorie Junge Erwachsene); 2013 Hörspiel des Monats (Deutsche Akademie der Darstellenden Künste, Frankfurt); 2014/15 Writer in Residence in Zürich; 2016 Nominierung zu Bester georgischer Roman des Jahres (Preis der Ilia-Universität Tbilissi); 2016 Nominierung für die Shortlist des SABA-Literaturpreises (Bester Roman); 2016 Literaturpreis Zero
Werke: »Gatwla«, Roman, Bakur Sulakauri 2014, Diogene 2010 / Deutsche Übersetzung von Natia Mikeladse-Bachsoliani: »Abzählen«, Roman, Unionsverlag 2012; »Aghmosawletit«, Roman, Bakur Sulakauri 2015; »Marines angelosebi«, Erzählungen, Books in Batumi 2017; »Germanelebi Sakartweloschi – Tkmeli da utkmeli istoriebi«, Sachbuch, Intelekti 2017

Adscharien
&
Gori
Imeretien
Adscharien
Tiflis
Kachetien

თევზის ბაზარი

ADSCHARIEN UND DER WESTEN

VOLKER SCHMIDT

will ich über georgien schreiben, so soll es zärtlich geschehen. denn wirkt hier auf den ersten blick auch alles rau, laut und unfertig, so lässt sich doch dahinter eine zerbrechliche welt erahnen. zerbrechlich wie die balkonumkränzten häuser an den hängen des kaukasus, die scheinbar nur durch die alles umschlingenden weinranken zusammengehalten werden. diese zerbrechlichkeit rührt aus einer allgegenwärtigen widersprüchlichkeit und aus der niemals laut, aber doch ständig gestellten frage: wo fühlt man sich zugehörig? ist es der westen oder der osten? ist es die vergangenheit oder die zukunft? oder ist es dazwischen? gibt es überhaupt ein dazwischen? und was liegt da? nur reine gegenwart? die gibt es in georgien überall, aber ist ihr zu trauen? rein gegenwärtig vertraut man der gegenwart. aber was die zukunft betrifft, da vertraut man doch lieber den starken männern, die alle paar jahre die bühne der politik betreten und alles anders machen wollen als ihre vorgänger. vertraut man hier also eher der sehnsucht nach einer zukunft als der zukunft selbst? nirgendwo anders auf der welt habe ich bisher so nah beieinander die modernsten architektonischen würfe neben heruntergekommenen plattenbauten oder in sich zusammenfallenden häusern aus vergangenen jahrhunderten gesehen. technisch höchst ausgebaute schnellstraßen gehen unvermittelt in schmale steinige pisten über, die man nur mit schrittgeschwindigkeit befahren kann. diese rasende widersprüchlichkeit ist hier selbstverständlich. aber was ist dazwischen? auf dem sololа-

ki-berg in tbilissi steht die kartlis deda, die mutter georgiens. in der einen hand hält sie ein schwert für die feinde, in der anderen hand eine weinschale für die freunde. aber was ist dazwischen? gibt es das? aber ja! da die extreme so greifbar sind, bleibt dazwischen genug raum. das land ist unterwegs, das spürt man. auch wenn so vieles ungewiss ist, man will. man will seinen platz finden, man sieht, dass es besser wird und werden kann. mit wohligem gruseln, als sei man gerade noch rechtzeitig einem wildwestfilm entstiegen (wann kommen eigentlich die wildostfilme?), erzählt man von den dunklen 1990ern, als nichts und niemand sicher war, alle korrupt waren und man auf der straße jederzeit niedergeschossen werden konnte. heute kann man in tbilissi angeblich sogar das auto offen stehen lassen, dank saakaschwili (der aber auch viel mist gebaut hat, beeilt sich jeder, der ihn lobt, schnell hinzuzufügen). nichts merkt man von dem gefühl der zukunftslosigkeit, das viele ehemalige ostblockstaaten durchweht. hier ist man optimistisch. man fühlt sich klein genug, um großes zu wagen. und man kann hier gut essen und trinken. und das ist ja überhaupt schon mal ein anfang. einen anfang machen. das macht man hier oft. und viele enden ergeben auch einen teppich.
wo aber ist das zarte verborgen? nach der ankunft ist man anfangs irritiert von lärm und staub. die städte ertrinken im verkehr, der in europa kaum abenteuerlicher sein könnte. sowohl, was die fahrweise betrifft, die nur das augenblickliche vorankommen jenseits jeglicher fahrspuren und regeln zum ziel hat, als auch, was die planung oder besser nicht-planung der streckenführung betrifft; etwa verwirrte verkehrsbrückenkreuzungen mitten in der stadt, meistens um eines der zahlreichen denkmäler dieses dem denkmal-fetischismus huldigenden landes geschlungen. nie erkennt man einen gesamtplan. es wird angestückelt, dazugebaut, ausgebessert. wie in vielem in georgien zählt nicht die organisation, sondern die improvisation. das vielleicht schönste beispiel für außergewöhnliche streckenführungen findet man direkt vor dem maidan von tbilissi. statt an der über den mtkwari führenden brücke vorbeizufahren, muss man diese überqueren, auf der anderen seite einmal im kreis fahren und daraufhin

die brücke ein zweites mal überqueren. erst dann darf man weiter zum maidan und daraufhin die durch die altstadt führende kote-apchasi-straße nehmen. warum sich gerade an dieser stelle plötzlich alle an die regeln halten und nicht geradeaus an der brücke vorbeifahren, hat sich mir nicht erschlossen.
nun wird aber gerade in tbilissi der verkehrslärm und staub durch die fast in jeder größeren straße stehenden bäume, meist platanen, abgemildert, sodass es durchaus erträglich ist und freude macht, sich auch entlang der stark befahrenen boulevards zu fuß zu bewegen. diese zu überqueren braucht aber viel mut und geschick und vor allem selbstbewusstsein. es bleiben die vereinzelten unterführungen, die den fußgänger zum verkehrsteilnehmer zweiter klasse machen. für rollstuhlfahrer und kinderwagen hat man hier sowieso nichts übrig. aber es wird besser. alles. das spürt man, das sagt man sich an jeder straßenkreuzung.
die widersprüchlichkeit des landes spiegelt sich unter anderem auch in der architektur wider. in den meisten städten und dörfern entlang unserer reiseroute gibt es eine auf der einen seite unglaubliche fülle alter, meist aus dem 19. jahrhundert stammender häuser, die entweder völlig dem verfall preisgegeben oder genau und detailreich renoviert werden. leider gibt es von letzteren viel weniger als von ersteren. auf der anderen seite findet man eine große menge an gewagter, einzig- und durchaus eigenartiger neuer architektur, wobei die runde form eindeutig vorherrscht. vieles wirkt protzig und gar zu ambitioniert, aber es gibt durchaus einige gebäude, oder sollte ich besser sagen, gebilde, die auch den kenner beeindrucken und erfreuen dürften. sehr schnell fragt man sich allerdings, warum ein land sich mit einer in vielen bereichen äußerst lädierten infrastruktur eine so große zahl an prestigebauten leistet oder auch leisten kann. doch nach einiger zeit in diesem land beginnt man zu ahnen, dass diese art von rationalität hier nicht gefragt ist und man lieber mit witz die umstände beklagt als sie witzlos und allzu vernünftig zu verbessern.

(tbilissi)

obwohl ich nicht beauftragt bin, über diese stadt zu schreiben, will ich doch über den ausgangspunkt meiner und wahrscheinlich der meisten reisen folgendes postulieren, am besten in großbuchstaben: besucht diese stadt, so schnell ihr könnt! sie ist eine zerfallende perle, die so nicht mehr lange bestehen wird. auch wenn viele viertel durchaus intakt erscheinen. das herz, die altstadt und das daran grenzende bürgerviertel sololaki, vielleicht das schönste der ganzen stadt, besteht aus großteils völlig heruntergekommenen häusern, die sich aneinanderlehnen wie betrunkene, sich hinabziehen wie ertrinkende. viele gebäude werden durch eisenträger und quer über die straße laufende verstrebungen gestützt, doch man ahnt, dass diese häuser niemals mehr restauriert werden können und für immer verloren sind. das problem seien die fundamente, sagt man. manche sehen die ursache in den erdbeben, andere sagen, es seien die verstopften regenwasserableitungen, die dazu führten, dass das ungeleitete wasser, das den berg herabfließt, die fundamente unterspült. was auch immer die ursache ist: es tut weh und verzaubert gleichzeitig, durch diese straßen zu gehen, manchmal eher zu stolpern, denn gerade in diesen vierteln sind auch die straßenbeläge selbst abenteuerlich oder

teilweise gar nicht vorhanden. in all diesem rausch des verfalls findet man oasen in hinterhöfen, weinumrankte cafés zwischen hölzernen veranden, restaurants mit balkonen, von denen man sich nicht allzu weit herauslehnen will, weil man fürchtet, mitsamt des geländers, des balkons oder der ganzen fassade in die tiefe zu stürzen. besucht etwa das restaurant purpur, das in seiner inneneinrichtung die schönheit von verfall und vergangenheit fortsetzt, alte lampen mit kordeln, schwere stoffe mit floralen mustern und dazwischen abwechselnd vertrocknete und frische blumensträuße und ein hingebungsvoller klavierspieler. besucht den hof des café ezo. besucht auch das café hinter dem literaturmuseum und das bestens renovierte schriftstellerhaus mit dem café im großzügigen hinterhof. ich will nun aufhören zu schwärmen. lasst uns durch die nacht nach hause stolpern, schwer von staub und tschatscha, müde vom lachen und von trinksprüchen. morgen soll es losgehen. lasst uns die reise nach adscharien beginnen.

gori

daran kommt man nicht vorbei. obwohl man vorbei könnte. soll man nicht doch ... einfach daran vorbeifahren? was soll man hier? gut, über die stadt kann ich wenig sagen, davon habe ich fast nichts gesehen, aber dieses museum? hat sich darüber eigentlich mal jemand gedanken gemacht? oder macht man sich gerade darüber überhaupt keine gedanken? wenn man schon so mit der vergangenheit verbunden ist, dann könnte man sie doch aufarbeiten. aber anscheinend will man das hier nicht. im park schon die erste stalinstatue. dann das von einem steinernen baldachin geschützte stalingeburtshaus. dann im museum stalinkult um stalinkult. das war ein diktator, ein massenmörder, sage ich und blicke mich ungläubig um, nur um weiteren entschlossenen stalinblicken zu begegnen. ja natürlich, aber so sei es schon immer gewesen, das museum, man habe nichts daran geändert. es sei noch genauso wie früher. ach so. na dann. einen einzigen schaukasten gibt es über die opfer seiner herrschaft in georgien, sonst wird ihm in jedem raum gehuldigt, auf ölgemälden und geknüpften teppichen und im sowjetisch-futuristischen rundraum mit stalins totenmaske. so war es schon immer! man belässt das museum also aufgrund seines historischen wertes. wie umgehen mit dieser vergangenheit? wie umgehen mit iosseb dschughaschwili? dafür gibt es keine klare antwort. man sei nur noch in gori stolz auf ihn, im restlichen lande nicht mehr so. solch unscharfe antworten bekommt man, wenn man nach dem verhältnis zum vielleicht bekanntesten, auf alle fälle grausamsten georgier fragt. die vergangenheit scheint hier ein dunkles, unüberschaubares feld zu sein, mit dem man sich lieber nicht zu genau auseinandersetzen will. aber das interessante ist: man kann den menschen gar nicht böse sein. zu verstrickt ist die

geschichte dieses landes, das über jahrhunderte nur den interessen benachbarter großmächte entsprechen musste oder gänzlich fremdbeherrscht wurde. man kann ihnen nicht böse sein, dass sie diese geschichte, die viel größer ist als ihr land, dass sie ihre geschichte nicht entwirren wollen. weil sie es gar nicht alleine könnten. oder noch nicht können. aber auch hierin ist man optimist, dass die zukunft auch ein besseres verhältnis zur vergangenheit bringen wird. und ich erkenne: darin liegt die bestechende gegenwärtigkeit dieses landes.

kutaissi

hier beginnt der regen. und er wird uns viele tage begleiten. denn wir wussten nicht: in georgien ist der mai der april, der macht, was er will. zumindest im westen georgiens. an der südlichen schwarzmeerküste, besonders in adscharien, regnet es generell mehr und der mai ist oft wechselhaft und noch recht kalt. aber nun sind wir erstmals in kutaissi und finden unterschlupf vor den regenwolken in der palaty bar, die auch ein restaurant ist. zwei ältere damen spielen da auf dem cello und einem ausgeweideten klavier. die wände voller post-its mit botschaften der gäste, eine entspannte wohnzimmeratmosphäre und guter wein. hier treffen die unterschiedlichsten menschen aufeinander, verliebte pärchen, ältere damen, eine gruppe von jungs auf irgendwelchen drogen, die sich für die nacht im club bereit machen. ja, den gibt es wirklich, den club. er heißt »Reflector« und hat neu aufgemacht und ist anscheinend der erste club der stadt. eigentlich eine umgebaute wohnung, will er exklusivität verbreiten durch die strengste tür jenseits des berghains, rein darf nur, wer auf der liste steht. drin ist dann fast noch niemand, zwei babuschki um die achtzig nehmen die garderobe entgegen, die anlage kann was, der dj weniger, zu trinken gibt es nur heineken, jägermeister und ein paar neunzigerjahrecocktails. aber man scheint richtig stolz zu sein auf den ersten richtigen club in kutaissi.
besucht den markt. am besten bei regen. hier eröffnet sich ein kos-

mos des menschlichen. figuren und gesichter, die der literatur vergangener zeiten entsprungen sein könnten. der markt breitet sich im erdgeschoss eines heruntergekommenen sowjetbaus aus, umwuchert das gebäude in nebengassen hinein. hingeduckt unter einer leuchtstoffröhrenbestückten decke, lässt er keine romantik aufkommen, aber menschen noch theatraler erscheinen. da sind etwa die maismehlverkäuferinnen. in weißen mänteln stehen sie aufgereiht und sieben das mehl. ihre staubgrauen von falten zerfurchten gesichter lassen sie aussehen, als wären sie selbst aus mehl, als würden sie hier schon jahrhunderte stehen und sieben, als würden sie die zeit sieben und nur dies würde sie davor bewahren, selbst zu staub zu zerfallen. elegante in schwarz gekleidete frauen begutachten die ware, manche tragen frisuren aus der zeit, als schewardnadse noch außenminister der sowjetunion war. die verkäufer, meist stumm und stolz, harren der dinge. unbeweglich. viele schlafen. tatsächlich, ich habe noch nie einen markt mit so vielen schlafenden menschen gesehen. dazwischen wieder wird eifrig gehandelt, verhandelt, diskutiert. jedes ein charaktergesicht, in das das leben eingeschrieben wurde. hier gibt es keinen unterschied zwischen oberfläche und tiefe. denn hier ist die welt nicht mehr, als das leben umfasst. in diesen gesichtern liegt alles offen. unausgesprochen und doch immer gegenwärtig.

batumi

als hätte man ein schachbrett zu nah ans wasser gestellt, so erscheint mir batumi. aus der nähe und aus der ferne. die stadt will funkeln, die gebäude wollen strahlen, tagsüber reflektiert das glas die sonne, nachts wird alles mit bunten lampen beleuchtet. man merkt, hier will die stadt irgendeinem ruf gerecht werden. saakaschwili hat sie zur stadt der liebe erklärt. die skyline will an dubai oder ähnliches erinnern, aber all die bemühung um weltläufigkeit kann nicht ankommen gegen die ruhe der angler, die an den kaimauern sitzen. und auch die niedrigen altstadthäuser scheint das alles wenig zu kümmern, fast dörflich schlummern sie an den immer geraden straßen der stadt.
batumi ist auf alle fälle *das* sommer- und feriendomizil. in der hochsaison ist es richtig schwierig, ein zimmer zu bekommen. man erinnert sich an vergangene dunklere tage in georgien, in denen batumi abseits der kriegswirren ein ort der freiheit und leichtigkeit war. hier gab es die ersten küsse und rauschende feste, so wird mir berichtet.
ich kann mich mit der stadt nur langsam anfreunden. die rechtwinkeligen straßen auf der flachen halbinsel erlauben keine verborgenen ecken. die sonne, die zu uns zurückgekehrt ist, legt alles

im gleißenden licht offen. der allzu betonierte strandboulevard am groben steinstrand will auch kein urlaubsgefühl erzeugen. aufgereiht die meeresküste entlang stehen fantastische hochhäuser, manche von ihnen sind tote hüllen. ja, einige stehen leer, denn sie sind folgen einer – man kann es nicht anders sagen – höchst kindischen auffassung von politik, die zeigt, dass zumindest von den politikern das wesen der demokratie noch nicht vollständig erfasst wurde. da ist etwa der alphabetic tower, ein eher ungeschicktes architektonisches machwerk. statt von wein von georgischen buchstaben umrankt, wurde er als wahrzeichen von saakaschwili, dem ehemaligen präsidenten, in batumi nahe ans meer gestellt. nun aber steht das bauwerk leer, da die nachfolgende regierung saakaschwili nicht mag und deshalb die gebäude, die er erbaut hat, nicht benutzen lässt. so etwa auch in tbilissi. mitten in der stadt liegen zwei riesige röhren, ein von massimiliano fuksas aufregend gestaltetes gebäude, das als konzerthalle und ausstellungszentrum dienen sollte. auch das steht leer. man steht staunend vor diesen zeichen der zukunft, die schon wieder der vergangenheit angehören. man schüttelt den kopf und wundert sich doch nicht.
batumi ist die hauptstadt adschariens. dieser landesteil georgiens stand lange unter der herrschaft des osmanischen reiches. deshalb ist nach wie vor etwa ein drittel der bevölkerung adschariens muslimisch. das merkt man besonders im türkischen viertel. die straßen sind vor allem mit türkischen restaurants gesäumt und zeigen nochmals ein anderes gesicht der stadt. besucht auch die moschee. sie hat charakter. man kann sich in eine ecke des raumes setzen, den käsefüßegeruch einatmen und den muslimen beim gebet zusehen, denken oder nicht denken und nichts tun. es ist kühl und friedlich.
besucht das fanfan. ein backsteingebäude nahe des strands mit einem ausgesprochen schönen restaurant und guter küche.

chulo

folgt man von batumi aus dem tschorochi und später dem adscharis-zqali, gelangt man in ein immer enger werdendes tal, umgeben von dichten nadelwäldern. die straße schlängelt sich immer weiter bergauf den fluss entlang. man kommt an wasserfällen vorbei, alte bogenbrücken überspannen die schlucht. schließlich erhebt sich die straße immer weiter über das flusstal und man gelangt nach chulo, ein dorf, das hier wohl im vergleich zu den weilern und dörfern ringsum als stadt gilt, da es immerhin über tausend einwohner hat, das verwaltungszentrum der region ist und sogar über ein theater verfügt. will man gut essen, fragt man den polizisten, wo das beste restaurant ist. sonst gibt es nicht viel zu sehen und nicht viel zu erleben. das macht aber nichts. alleine die lage ist einen ausflug wert und - die seilbahn. man sollte unbedingt einen ausflug mit ihr auf die andere seite der schlucht wagen. es kann einem schon mulmig werden, wenn man die rudimentäre kleine gondel (für zehn personen zugelassen) sieht. ehrfürchtig wartet man da auf der plattform der station und folgt mit den augen dem stahlseil, welches über der schlucht in den tief hängenden wolken verschwindet. wie eine unendliche von gotteshand befestigte wäscheleine, kann man ihr anderes ende nicht erkennen, erahnt nur auf der gegenüberliegenden seite des tals das gebäude der ankunftsstation. man erfährt, es handelt sich mit eintausendachthundertfünfzig metern um die zweitlängste seilbahn, die ohne eine einzige stütze auskommt. schön. jeden morgen werde sie überprüft. na gut. lasst uns fahren, durch die wolken, über die schlucht hinweg. unter uns stürzen wasserfälle in die tiefe, an den hängen kleben häuser, winzig klein, umgeben von saftigen wiesen und kleinen feldern. man sieht und versteht, wie die menschen hier leben. die häuser stehen meist vereinzelt, damit rundherum platz ist für die felder zur selbstversorgung. als wir schließlich nach circa zehnminütiger fahrt ankommen, befinden wir uns in einer anderen welt in einer anderen zeit. das dorf hier heißt tago und besteht zum größten teil aus holzhäusern. dazwischen unbefestigte durch den regen aufgeweichte wege, auf denen frauen ihre kühe auf die weide treiben. alles ist ärmlich und doch ordentlich und gepflegt. auf jeder holzveranda blühen blumen, hühner laufen umher und zwischen butterblumenwiesen stehen junge kälber auf der weide. folgt man dem weg durchs dorf und hält sich immer bergan, so landet man auf einer der schönsten wiesen, die den blick freigibt über das tal. auf der anderen seite sieht man die häuser von chulo als helle punkte am hang verteilt. hier wäre ein fantastischer platz, um zu campen. oder man wartet, bis das hotel, das gerade neben der seilbahnstation gebaut wird, eröffnet. bisher steht nur das handgeschreinerte balkengerüst. es dürfte ein urtümliches kleines hotel mit einem atemberaubenden ausblick werden. das auto allerdings muss man auf der anderen seite der schlucht lassen.

über den goderdsi-pass nach achalziche

will man von chulo weiter nach achalziche, muss man über den goderdsi-pass fahren. die straße verdient meistens nicht den namen straße. es ist eine abfolge von schönheit, frechheit und trotz. oder besser gesagt: die straße existiert nicht, nur die autos, die darauf fahren, definieren sie als solche. anfangs hofft man noch, bloß schlaglöchern ausweichen zu müssen. doch bald bleibt nur noch das fahren in schrittgeschwindigkeit. man erarbeitet sich die oberfläche aus lehm und steinen, erfindet möglichkeiten, krater und kleine seen zu umgehen, durchquert ein flussbett und versucht dabei, selbst nicht ins fließen zu kommen. umso mehr wundert man sich, dass einem nicht nur geländewagen, sondern auch kastenwagen, lkws und marschrutkas entgegenkommen. früher seien alle straßen so gewesen. aber seit

saakaschwili habe sich vieles gebessert, sagt man. doch der scheint nur bis chulo gekommen zu sein.
auf dem höchsten punkt, dem goderdsi-pass, befindet sich ein skigebiet. zumindest ist da ein sessellift zu sehen. nach dem pass verwandelt sich die natur wieder gänzlich, die grüne überfülle der hänge adschariens bleibt zurück. die berge sind nun von laubwäldern bewachsen, alles erscheint lieblicher. weiter unten wechseln sich wiesen und buschwerk ab. die straße wird allmählich besser und plötzlich kann man wieder in normalem tempo fahren, das einem unwirklich schnell vorkommt. so ist es nur noch ein katzensprung nach achalziche, der hauptstadt von samzche-dschawachetien.
die stadt scheint so, als sei sie von allen und allem links liegen gelassen worden. arm und trist, ist sie ein gegenstück zu der absurd hochrenovierten festung, die über den straßen thront. hier wird wieder die große vergangenheit gefeiert. jeder stein blitzt, der mörtel sitzt, darüber weht die georgische fahne. eine ehemalige moschee hat eine leuchtende goldene kuppel erhalten. wer wie in einem märchenschloss mit spa-bereich residieren möchte, quartiere sich im hotel gino wellness rabath direkt in der festungsanlage ein.

wardsia

von achalziche ist es nicht weit zu den felsenklöstern von wardsia. die strecke dorthin führt durch eine atemberaubende landschaft. wiesen machen felsen platz, baumgruppen und buschwerk umspielen flüsse, alles ist weit und großzügig und unbeschreiblich grün. irgendwann tauchen auf der anderen flussseite die schwarzen löcher des felsenklosters auf. wie totenkopfaugen blicken sie einen hundertfach an. man denkt erst, dass hier die mönche tatsächlich in offenen höhlen gehaust haben. erst später begreift man, dass man hier einen querschnitt durch ein damals im berg verborgenes kloster sieht. die kleinen kirchen, refektorien und mönchszellen waren gänzlich in den berg gebaut. das höhlensystem bot in dreitausend wohnungen platz

für bis zu fünfzigtausend menschen. erst ein erdbeben im jahre 1283 hat die wand, wahrscheinlich porös aufgrund der vielen hohlräume, herabgerissen und die höhlen freigegeben. oberhalb der klosteranlage ist noch die abrisskante erkennbar. einige gänge gehen aber nach wie vor tief hinein ins gestein und es macht spaß, in den niedrigen röhren durch das labyrinth zu laufen.
da wir dieses schöne tal nicht so schnell verlassen wollen, sehen wir uns nach einer übernachtungsmöglichkeit um. dabei stellt sich eine als hotel gekennzeichnete laube in einem am fluss liegenden garten als mönchskloster heraus. vielleicht ist es ja nur zur hauptsaison ein hotel. unser taxifahrer versucht trotzdem, uns da unterzubringen. nach kurzer diskussion - meine freundin, also frauen allgemein, scheinen dort nicht gestattet zu sein - dürfen wir doch bleiben. wir wohnen also in der laube tür an tür mit einem mönch, der sich schon sehr bald zum mittagsschlaf zurückzieht und den ganzen nachmittag nicht mehr erscheinen wird. auch am nächsten morgen ist das schnarchen noch laut zu vernehmen. vielleicht gibt es so etwas wie eine schlafmeditation in der georgisch-orthodoxen kirche?

bordschomi

von achalziche zurück nach tbilissi gibt es eine strecke durch die berge. sie beginnt in achalkalaki, einer mehrheitlich von armeniern bewohnten stadt, führt an ninozminda, zalka und und einigen seen vorbei. neben armenischen dörfern gibt es da auch orte mit griechischer bevölkerung. mir erscheint die strecke interessant, doch nirgendwo wird sie beschrieben. alle, die ich darüber befrage, meinen, da sei nichts. einen ausflug ins nichts, das wäre ja auch mal interes-

sant. wir versuchen mit unserem bescheidenen sprachschatz herauszufinden, ob es marschrutkas entlang dieser strecke gibt. brocken von russisch und englisch bleiben irgendwo in der luft stecken, jeder wundert sich, was wir da wollen. sollen wir also durch das nichts, wo es nur ferne berge mit schneegipfeln geben soll, oder doch hinunter ins grüne bordschomi? wir fürchten schlechtes wetter und kälte und entscheiden uns für letzteres.
NEIN, wird später in tbilissi lascha bakradse ausrufen, der leiter des hiesigen literaturmuseums. NEIN, schnauft er, die georgier kennen ihr eigenes land nicht! die strecke sei wunderschön. man müsse dort entlangfahren! zu spät. schon haben wir verpasst, die marschrutka an einer heißen, einsamen straßenkreuzung unter der burgruine chertwissi zu verlassen, und befinden uns auf dem weg hinab in das saftige tal von bordschomi. dichte nordmanntannenwälder, deren samen einst für die weihnachtsbäume europas verwendet wurden, und steile berghänge umfassen diese in das schmale tal geklemmte kurstadt, die den traurigen charme und die unbeholfenheit verbreitet, die so viele ehemalige sowjetkurorte an sich haben. völlig aus der zeit gefallen, versucht man, modern zu sein, indem man die kurparks mit einem sammelsurium aus eigenartigen statuen und ringelspielen vollstellt, sodass man sich auf einem jahrmarkt wähnt. das bordschomiwasser, das man hier aus mehreren brunnen trinken kann, schmeckt wirklich gut. ansonsten gibt es nicht viele gründe, hierher zu kommen. am ehesten die natur. es ist zwar alles voller wald, aber der ist teilweise sehr abwechslungsreich und bezaubernd. otto von der touristeninformation kann einem erklären, wo die markierten wanderwege starten (ich glaube, er hat sie selbst angelegt). ihnen zu folgen ist durchaus abenteuerlich, denn farbe am baum macht noch keinen weg aus. so muss man sich manchmal durchs gebüsch schlagen, in schlammigen viehpfaden versinken oder versuchen, einen steilhang sicher zu queren. wenn man den etwas herausfordernden roten rundweg verfolgt, kann sich am ende des weges der müde körper in den schwefelbädern erholen, die mitten im wald in der schlucht hinter dem kurpark liegen. ein höchst erquickliches vergnügen.

nach tbilissi

auch wenn es – zumindest von bordschomi – viel länger dauert, mit der bahn nach tbilissi zu fahren als mit einer marschrutka, sollte man sich diese möglichkeit der fortbewegung nicht entgehen lassen. anfangs mag man verzweifeln, denn das gebirgstal hinab fährt der zug schrittgeschwindigkeit, doch unten in der ebene zwischen den gebirgszügen nimmt er beeindruckend an fahrt auf. diese strecke wurde nämlich für die schweizer doppelstockzüge ausgebaut, die uns immer wieder entgegenkommen und einen staunend am zugfenster zurücklassen. der zug, mit dem wir fahren, war auch mal modern, was gar nicht so lange her zu sein scheint, nun aber ist er in einem bedauernswerten zustand. anfangs halbleer, wird er immer überfüllter. die bahnstationen sind das abenteuerlichste, was ich je gesehen habe. manche von ihnen bestehen bloß aus stahlbetonplattformen, in denen sich mannsgroße löcher befinden. man fragt sich: wenn da einer an einer falschen stelle den zug verlässt, verschwindet er dann einfach im bahnsteig? doch auch das scheint die menschen nicht zu bekümmern. vielleicht ist es ja noch nie passiert.
so viele fragen gibt es auf der reise, die man sich stellt. aber man hat sich erstaunlich schnell daran gewöhnt, dass es schöner ist, wenn sie nicht alle beantwortet werden. einfach, weil es poetischer ist. aufregender, in gewisser weise theatraler. dass es hier andere gesetzmäßigkeiten gibt, die keine eindeutigen antworten zulassen. das essen etwa kommt nie gleichzeitig, sondern in der reihenfolge, wie es fertig wurde. das heißt, hat man fisch mit kartoffeln bestellt, bekommt man zuerst den fisch, danach die kartoffeln. warum? beim telefonieren schreit man hier ins telefon, als ob man die entfernung zum anderen akustisch überbrücken müsste. warum? die polizei fährt immer mit blaulicht, egal ob sie im einsatz ist oder nicht. warum? und immer werden trinksprüche ausgesprochen, wenn man tschatscha trinkt, und selbst fängt man spätestens nach dem dritten glas damit an. warum? darum! wozu schweigend trinken? wozu zu wenig zu essen bestellen? wozu nach dem essen nicht die stühle beiseitestellen und

tanzen? wozu ohne blaulicht fahren? wozu zu lange trauern, wozu zu wenig erhoffen?

durch die dunkelheit schiebt sich der zug in den riesigen sowjetalten zentralbahnhof von tbilissi. ferne lichter an den berghängen erwarten uns. versprechen uns nächte unter bäumen, in theatern, in clubs und restaurants. der sommer ist nun vollständig angekommen. eine katze auf einer steilen treppe will gestreichelt werden. ein stuhl wird zurechtgerückt auf der terrasse. musik von ganz nah. eine frage wird gestellt. die antwort geht unter im lärm. aber das macht nichts. das macht gar nichts.

Volker Schmidt, Autor, Regisseur, Schauspieler und Dramatiker, geboren 1976 in Klosterneuburg, studierte Schauspiel am Konservatorium der Stadt Wien. Es folgten Schauspielengagements u. a. in Wien, Berlin, Graz sowie mehrere Spielfilme (u. a. »Kleine Fische«). Als Regisseur inszenierte er u. a. bei den Wiener Festwochen, am Staatstheater Hannover, dem Schauspielhaus Wien, am Lettischen Nationaltheater Riga sowie in Kopenhagen und Moskau. Seit 2002 ist Schmidt als Dramatiker tätig mit Uraufführungen u.a. am Theater Heidelberg, Staatstheater Nürnberg, Schauspiel Leipzig, Volkstheater Wien und Schauspielhaus Graz.

Er erhielt mehrere Preise, u. a. den Jury- und Publikumspreis des Heidelberger Stückemarktes und den Berliner Kindertheaterpreis. Als Autor wurde er u. a. zum Stückemarkt des Berliner Theatertreffens, zum Festival für Dramaturgie Santiago de Chile und zum NET-Festival Moskau eingeladen. Seine Stücke wurden bisher in zwölf Sprachen übersetzt und von Utrecht bis Nowosibirsk gespielt.

ცისფრად შეღებილ ხის სახლში

IM HOLZHAUS MIT DEM HIMMELBLAUEN ANSTRICH

IRMA TAWELIDSE

Durch Goris Straßen zu gehen ist wie dem eigenen Herzschlag zuhören: Alle Geräusche der Umgebung verschmelzen, und aus der Tiefe des eigenen Körpers offenbart sich dir Langvergessenes und -verborgenes. Du erinnerst dich, während du der Spur einer anderen folgst; dein Fuß tritt in die Stapfen des zwölfjährigen Mädchens, die kein Regen jemals verwischen kann, keine Flut, kein ungedämmter, ungezähmter Fluss. Das Mädchen ist ein Angsthase: Sie hat Angst vor Spinnen, lautstark herumstreitenden betrunkenen Männern und sie fürchtet sich, alleine im halbdunklen Saal des Stalin-Museums zu bleiben. Gori ist Stalins Stadt. Wohin du schaust, erblickst du das gedanken- und kummerschwere, von ewiger Sorge sichtlich erschöpfte Gesicht des Führers. Noch in den Achtzigerjahren galt er als Inbegriff der Unbeugsamkeit, der Vernunft und der unvorstellbare Höhen überwindenden Kraft, des Strebens nach dem Unmöglichen und dessen Verwirklichung. Zu ebendieser Zeit werden die Stalin-Straße und andere Straßen der Stadt zum vertrauten Ort meiner ausgefallenen Spiele: Jeder Baum, jede Ampel, jedes verbogene Schild ist Teil meiner Welt.

Am 19. Mai 2017 hätte ich gar nicht in Gori

BORJOMI

sein sollen. Alles war weit im Voraus entschieden und geplant worden und eindeutig erfreulich. An diesem Tag sollte unsere Tour beginnen. Ich hätte nicht gedacht, dass wir gleich zu Anfang von der Route abweichen und uns auf der Stalin-Straße wiederfinden würden. Wir waren zu viert. Und alle vier freuten wir uns, eine Woche im Südwesten Georgiens, am Meer und in den Bergen, zu verbringen.
Zur Mittagszeit stehe ich jedoch in dem halb verdunkelten Saal und erinnere mich, welch ein Horror damals Schulexkursionen hierher gewesen waren, die Porträts an den Wänden, die übrigen Museumsexponate. Ein Besuch hier war jährliche Pflicht; eifrig scheuchten uns die Lehrkräfte jedes Mal hin, ließen uns, Mädchen und Jungen in Schuluniform und rotem Pioniertuch, beim Eingang aufreihen und uns dann paarweise und händchenhaltend eintreten. Nichts Reizvolles erwartete uns dort, weder fürs Auge noch fürs Herz.
»Warum widmet ihr einem Diktator ein Museum?«, fragt Anne.
Plötzlich geht ein Wolkenbruch nieder und ein Regen ergießt sich über die Stadt, als zürnte der Allmächtige der geplagten, hart arbeitenden Bevölkerung und hätte alle und alles zu fluten beschlossen, dem Erdboden gleichzumachen. Einen wohlumrissenen Ort zu säubern für einen Neubeginn. Da ich das hiesige Wetter gewohnt bin, wundere ich mich überhaupt nicht, als auf den Regen Hagel folgt – die zornige Erwiderung an jene, denen es schwerfällt, sich mit dem Gedanken an die eigene Bedeutungslosigkeit abzufinden. Man hat uns beigebracht, dass eine andere Meinung zu haben der Gesundheit abträglich ist, dass es nur eine Möglichkeit gibt: den Kopf zu senken und auf die staubigen Schuhspitzen zu starren.
Vom Fenster des Museums aus beobachten wir die wirbelnden Hagelkörner; sie trommeln mit grauenvollem Lärm auf die harte, gleichgültig verharrende Oberfläche, die schon vieles gesehen, vieles ertragen hat.
Ich stelle mir vor, wie der Führer im Himmel mir zürnt, mir, dem Mädchen, das in dieser Stadt geboren und aufgewachsen ist, das ihn enttäuscht, das, statt sich um das Wohlergehen seiner Mitmenschen zu sorgen, ein Einsiedlerinnenleben gewählt und sich andere Göt-

ter erkoren hat, nämlich dem Schoß des dekadenten Westens entsprungene Schriftsteller. Einen Herman Melville beispielsweise. Ich büße nun dafür, dass ich wage, noch einmal diesen heiligen Ort zu betreten, wie immer ohne besondere Aufmerksamkeit seine Porträts betrachte, die aus dem Kreml stammenden Gegenstände, die kostbaren, mit Bedacht überreichten Geschenke; hastig eile ich durch die Säle, mein Auge bleibt an keinem Museumsstück lange haften. Ein flüchtiger Blick in den legendären Waggon genügt mir. Wo war denn die Blüte blinder Liebe hin, deren Duft bis zum Himmel drängte und ihn davon abbrächte, die ganze Stadt zu vernichten, ihn, der die Henkersarbeit vielleicht gar kein weiteres Mal verrichten wollte? Warum war ich so unbarmherzig, warum hatte ich kein Mitgefühl mit einem, dessen Schicksal besiegelt und der einer Mehrheit schon verhasst war, wo er doch daran geglaubt hatte, für eine bessere Zukunft zu wirken?
Der Regen hört auf.
Im Hof vor dem Eisenbahnwaggon sind riesige Wasserpfützen. Manchmal ist es besser, einfach zu vergessen. Wasser klärt sich von selbst, verrinnt und nimmt menschlichen Kummer, ein zitterndes Spiegelbild, angehaltenen Atem mit sich.

***

Der Eingang des Marktes von Kutaissi ist vollkommen in Rot getaucht: Es ist Erdbeerzeit und jede Marktfrau versucht das Augenmerk der Neuankömmlinge auf sich zu ziehen, indem sie ihnen Früchte zum Kosten reicht, einen Preisnachlass verspricht oder sie einfach ins Visier nimmt und ihnen zulächelt. Es gibt auch die Unaufmerksamen, die mit schweren Lidern neben ihren Ständen hocken. Ein Mann mittleren Alters, eine halb aufgerauchte und ausgegangene Zigarette zwischen den Fingern, schläft sogar tief und fest mitten im Gewimmel.
Den Erdbeerhaufen entsteigt ein betörender Duft. Ein ganz anderer Geruch hängt in der regennassen Stadt, vertraut, zwei Jahrzehn-

te lang sorgfältig bewahrt. Der bedeckte Himmel verspricht nichts Gutes: Sobald wir den Markt verlassen, werden wir wohl wieder die Schirme aufspannen müssen.
»Dort, die Mehlverkäufer müsst ihr euch anschauen«, sagt Volker, »Berge von Mehl haben die vor sich aufgehäuft, und sie sind über Schultern und Köpfe mehlbestäubt. Alles ist weiß: Stände, Gesichter, Hände ...«
Dann meint er, er könnte hier ein ganzes Jahr verbringen und Bilder machen von dem Markt, nicht sattsehen könne er sich an den Gesichtern der Menschen mit ihren beredten Mienen und ihrem eigenartig beeindruckenden Aussehen.
Das letzte Mal bin ich im Juni 1999 in Kutaissi gewesen. Davon ist mir nicht mehr viel Erinnerung; anscheinend war ich so beansprucht von alles andere als angenehm nachwirkenden Lebensumschwüngen, war mein Blick so fixiert auf einen bodenlosen Abgrund, der mich ständig an die Sinnlosigkeit von allem, was noch blieb, erinnerte, dass ich in der Stadt herumlief, ohne etwas wahrzunehmen. Nur eins wusste ich damals mit Sicherheit: Nie würde ich mit dem Schreiben aufhören, denn das wäre wirklich das Ende, der Sprung in den Abgrund.
Ein wiederkehrender Traum: In der Abenddämmerung streife ich durch einen unbekannten Stadtteil und versuche eine Wegmarke auszumachen, einen Baum oder ein Gebäude, die mir helfen, mich an die Abfolge der Abzweigungen, der Kreuzungen, der langen und kurzen Straßen zu erinnern. Im Traum bin ich immer überzeugt, mich leicht zurechtzufinden und das alte zweistöckige Haus vor Einbruch der Nacht zu erreichen. In dem Haus wohnen mal meine Freunde, mal mein Bruder und seine Kinder, mal die verstorbenen Eltern einer Freundin. Natürlich erreiche ich es nie. Nicht einmal in seine Nähe komme ich.
Einmal haben wir uns wirklich verirrt. Wir waren aus einem unvergesslichen kleinen Städtchen in Samegrelo gekommen. Als wir nach Kutaissi hineinfuhren, verloren wir die Orientierung. Ich muss zwölf, dreizehn Jahre alt gewesen sein, ich saß auf dem Rücksitz und in der

unbekannten Stadt im Kreis zu fahren amüsierte mich, mir gefiel das Wechselspiel der Ampellichter und der über Apotheken und Läden flimmernden farbigen Leuchtschriften. Auch damals hat es geregnet. Die dicken Tropfen hafteten sekundenlang an der Windschutzscheibe und machten das Licht plötzlich verschwommen und wässrig – die Illusion vom Stillstand des Augenblicks.
Was mir von dem Abend im Gedächtnis geblieben ist? Vielleicht das Café Palaty mit seinem anrührenden Interieur und den beiden groß gewachsenen Frauen in langen Röcken und schwarzen Hüten, die mit Hingabe auf Violine und Klavier musizierten. Ich beobachte ihr Spiegelbild in dem altmodischen Spiegel und wage nicht, ein Foto zu machen – als fürchtete ich, das Festhalten des Augenblicks könnte nicht wiedergutzumachende Folgen zeitigen: Das Licht könnte ausgehen, das diesen Ort in ein Randgebiet der Wirklichkeit verwandelt, in gerade mal ein paar sich der Grenze zum Nichtsein nähernde Räume, wo ein halbes Glas Weißwein genügt, um im Menschen zugleich den Menschenkenner, den Hellseher und den Meister im Wiederganzmachen von Zerbrochenem zu wecken.

***

Das Bestreben, die Dinge durch die Augen von anderen zu sehen, ist von Anfang an zum Scheitern verurteilt. Ich weiß nicht, was Anne und Volker sehen, als sie durch die schlecht beleuchteten Straßen der unbekannten Stadt gehen und versuchen, sich einen Überblick zu verschaffen. Ich sehe nur geschwärzte Gebäude, Konturen von Autos, Vierundzwanzig-Stunden-Apotheken, Silhouetten von auf Müllcontainern kauernden Katzen, leere Cafés, die trotz der kalten Regennacht die unbestimmte Hoffnung nicht verlieren, ein einsa-

mer Tourist oder eine Gruppe alter Freunde würde hereinplatzen, die auch nach mehreren gemeinsam geleerten Flaschen noch nicht voneinander lassen können.
Wir sind tatsächlich auf der Suche nach einem Café, das uns für das trostlose Aquarium mit den künstlichen Muscheln und Wasserpflanzen entschädigt.
Ich rede mir selbst gut zu, morgen früh würden wir ein anderes Kutaissi erleben, ohne Regen, nach einer Nacht tiefen Schlafs von Neuem lärmig und fröhlich wie immer.
Und so ist es auch. Am Morgen kommt die Sonne hervor und bringt jede Spur schlechter Laune zum Verschwinden. Ich bin nicht mehr die Person vom Vortag, völlig verschreckt von der Fahrt auf den gewundenen Bergstraßen, dem schlechten Wetter, der ungeheuren Leere, die aus dem Autofenster unverhofft zu erblicken war. Die Welt, in dickem Nebel versinkend, schwand zusehends. Geduldig erwartete der mit grauer Masse angefüllte Raum diesen Moment. Es war, als breitete das Nichtsein die Flügel weit aus und lehnte die Brust gegen die Windschutzscheibe. Gebannt hatte ich zugeschaut: Mit Händen zu greifen war etwas, an dessen Nähe schon nur zu denken mir zu anderer Zeit zutiefst erschütternd vorgekommen wäre.
Unseren Fahrer Beka scheint nichts aus der Ruhe zu bringen – als

schreite er auf einem Traumfeld, und wie gefährlich der Ort auch wäre, an dem er sich wiederfände, es gelänge ihm immer ein leichtes Erwachen.
Ich wundere mich deshalb gar nicht, als er uns am Morgen erzählt, er würde sich vor dem Schlaf Mantras anhören.

***

Am 1. September 2011 ging ich außerhalb von Kobuleti die menschenleere Strandpromenade entlang und sah ab und zu auf das gekräuselte, silbrig schimmernde Meer. Den Himmel überzog eine dünne Wolkendecke. Die Sonne war nicht zu sehen, aber ihr Stand war leicht zu erraten. Das aus den Wolken sickernde Licht verlieh der Wasseroberfläche eine eigenartige Färbung, wie ich sie nur von Gemälden kannte. Das friedliche Meer schaukelte träge, auf einschläfernde nächtliche Traumgesichter wartend.
Ich streckte mich am Strand aus. Die Übernatürlichkeit des Bilds, das sich mir bot, die erschütternde Klarheit dieser idealen Landschaft verwiesen mich auf etwas, das mir vielleicht Trost und sogar Freude bringen konnte. Der Film war zu Ende, ich sah die Schlussszene. Ich hätte mich nicht gewundert, wenn am überwölkten Him-

mel ein Abspann erschienen wäre, sich Vor- und Nachnamen abgespult hätten – Krümel der Unsterblichkeit, von unsichtbarer Hand gestreut.
Ein schöneres Ende hätte ich mir nicht wünschen können.
Auch ich war Teil dieses Bilds: von der unsichtbaren Hand sorgsam auf eine flauschige Decke im warmen Sand platziert. Ich lag da und dachte, das Leben müsste genau hier, in diesem Moment zu Ende gehen: Alle Handlungsknoten hatten sich logisch gelöst, alle Dialoge waren zu Ende geführt, die durch künstliche Beatmung am Leben gehaltene Liebe war gestorben, unter den angefangenen Dingen gab es kein einziges, dessen Beendigung von Bedeutung gewesen wäre. Und schließlich durfte ich mir dieses großartige Finale nicht entgehen lassen, denn irgendwer hatte seine Arbeit gemacht, hatte Wasser und Strand geschaffen, die Sonne mit Wolken verhangen, die Beleuchtung mit Bedacht gewählt, den weitschweifigen Monolog der Protagonistin verfasst.
Ich wollte jedoch keinen Schritt auf das verlockend schimmernde Wasser zu machen.
Was zu geschehen hatte, hätte von selbst geschehen müssen: Der Abspann hätte von einem Augenblick auf den anderen einfrieren, die Möwen mit ausgebreiteten Flügeln in der Luft hängen bleiben und auch ich hätte so liegen bleiben müssen: den Kopf zurückgeworfen und mit weit offenen Augen in den Himmel starrend.

***

Das Café Fanfan. Alle vier sind wir der einhelligen Meinung, die tief hängende, aus flüchtig auf alt gemachten Papierfetzen gebastelte Deckenleuchte ist bezaubernd und inspirierend. Ab und zu kugeln Schattenperlen durch den Raum, und ein sanftes Licht überzittert die farbigen Tischtücher. Abseits an einem Tisch wird mit lautem

Hallo der Geburtstag eines schwarzäugigen, schwarzhaarigen Mädchens gefeiert.
Um Papier alt aussehen zu lassen, habe ich früher Teesatz benutzt. Den Tipp hatte mir eine Freundin gegeben. Die ersten Papierbögen mit russischen Kinderversen und vergnüglichen Zeichnungen haben wir noch gemeinsam eingefärbt.
Was soll ich trinken? Nein, keinen Tee.
Die anderen sprechen über Marihuana. Über leichte Drogen, Nachtclubs. Dazu habe ich nichts zu sagen; ich habe im Leben noch nicht einmal eine Zigarette geraucht. Kann ich vielleicht ein anderes Thema anschneiden?
Ängste? Wovor wir uns am meisten fürchten?
Die Umgebung kommt mir zu Hilfe: das Schattenspiel, die fremden Gesichter im Spiegel, die Dunkelheit draußen vor den Fenstern, das plötzliche Gelächter vom Tisch drüben ...
Die Antworten bergen keine Überraschungen: Gewitter in den Bergen. Ein rasender, wütender Stier. Angst vor dem Alleinsein. Angst, einen geliebten Menschen zu verlieren. Angst, dass eines Tages alles seinen Sinn verliert und du, von tiefstem Pessimismus erfasst, dem Leben endgültig den Rücken kehrst.
Einmal sind Volker und sein Freund auf einem Floß die Donau hinuntergeschwommen und wären beinahe gekentert.
Beka erzählt offenherzig von seiner Heirat und welche Ängste er gehegt hatte all die Jahre zuvor.
Ich betrachte die in der Nähe herumstehenden, beschürzten Kellner – wovor sie sich wohl fürchten?
Annes Angst kann ich am besten nachvollziehen: die Angst vor Pessimismus und endgültiger Resignation.

***

Ich bekomme ein grünes, halb durchsichtiges Kopftuch mit farbigem Saum. Ich wickle es mir um den Kopf und verberge sorgfältig mein gefärbtes Haar. Wer weiß, wie viele Musliminnen es vor mir bereits trugen, große oder kleine, schlanke oder breithüftige, solche mit frisch gezupften Brauen oder solche, die nicht mehr gewohnt sind, sich um ihr Aussehen zu kümmern. Ich halte nach irgendetwas Ausschau an den Wänden der Moschee. Ich suche auch die Decke ab und den Boden neben meinen baumwollbestrumpften Füßen. Ich weiß nicht, was mir ins Auge fallen müsste, damit meine Neugier gänzlich befriedigt wäre. Ich gleiche dem Kind, das zum ersten Mal das Meer sieht, das die Grandiosität der riesigen, einfarbigen Weite nicht erfassen kann und sich damit zufriedengibt, die Zehen ins kühle Wasser zu halten. Nur was du berührst, existiert.

Anne, Volker und ich sitzen im Schneidersitz auf dem Teppich, wagen uns nicht zu rühren und starren auf die Rücken der alten Männer vor uns. Ein junger Mann mit breiten Schultern kommt herein und lässt sich abseits, ein paar Schritte von den anderen nieder.

»Gott lässt uns alle als Muslime zur Welt kommen«, sagt ein Alter leise, »jedes Kind wird durch Seine Gnade als Muslim geboren. Und dann, was in aller Welt geschieht dann? Warum weichen sie vom rechten Weg ab?«

Der Mann, der mir beim Eintreten das grüne Kopftuch gegeben hat, erklärt den Versammelten: »In der Umgebung, in der wir aufwachsen, ist es ein Leichtes, vom rechten Weg abzukommen, schwach ist der Mensch, schwach, aber Hauptsache ist, dass wir alle Allahs Kinder sind – die Gläubigen und auch die Ungläubigen – und wir auf Ihn zugehen, jede Minute und jeder Augenblick bringen uns näher zu Ihm.«

Vor langer Zeit habe ich bei Einbruch der Dämmerung ein paar Aufnahmen von dieser Moschee gemacht, die damals außen hell beleuchtet war. Ich war um sie herumgegangen und hatte mich nicht getraut einzutreten. Später kaufte ich daneben in einem kleinen Laden türkischen Tee und Kaffee und setzte meinen Weg in der Hoffnung fort, dass ich irgendwann in Zukunft mutiger und zielstrebiger sein würde.

Volker sieht zu mir herüber. Es ist Zeit zu gehen. Wir wollen noch den Fischmarkt sehen.

***

In den Ferien sind wir immer in die Berge gefahren. Laut unserem Arzt hatten mein Bruder und ich schwache Bronchien und die Bergluft sollte uns guttun. Dort in den Bergen sah ich als siebenjähriges Mädchen den Nebel, der das Tal herunterkam, den Nebel, der sich auf die Siedlung legte und Autos, Häuser, Menschen, die ganze Welt ins Nichts beförderte, den Nebel, der meine ausgestreckten Hände verschluckte.

Ich war ein vorsichtiges Kind und hatte keine Angst. Nur mein Herzschlag beschleunigte sich.

Die Tage darauf wünschte ich mir sehr, es würde wiederum alles in den aus den Tiefen des Himmels fallenden dicken Vorhang gewickelt, versinken ins Vage, in die Vollkommenheit der Stille und der stillstehenden Zeit. Bisher hatte ich nicht gewusst, dass sich die Welt so plötzlich ändern kann. Niemand hätte mir einreden können, ich würde innerhalb weniger Augenblicke keine einzige von den Tannen mehr sehen können, die die Straße säumten. Ich war so verzaubert von dem nachmittäglichen Nebelgeschenk, dem unerwarteten Verschwinden der Welt und der alles durchdringenden Weiße, in der ich mich wiederfand, dem Erkennen der eigenen Einzigkeit und Bedeutung, dass ich immer bange den Nachmittag erwartete: Erneut wollte ich dieses Staunen, wieder wollte ich diese große Freude erleben.

Zurück aus den Bergen, erzählte ich allen vom Nebel und auch von den russischen Sportlern, die sich in aller Früh zum Trainieren aufmachten und mir im Hof des Hotels jedes Mal Fruchtbonbons schenkten.

Als ich in einem Dorf im adscharischen Gebirge zu Beka sage: »Hier, in diesem Dorf habe ich mal gewohnt und friedlich an meinen Büchern geschrieben«, schaut er mich an, als hätte ich etwas Unzulässiges und Unglaubliches gesagt. »Ich könnte nicht hier leben«, sagt er. Er könne nicht leben ohne Abenteuer, Reisen, Clubs, Gesellschaft, mit einem Wort, ohne den Großstadttaumel.

Wir fahren mit der Seilbahn hinunter. »Die zweitlängste Seilbahnstrecke in Europa«, erklärt uns der Seilbahnwärter, ein lebhafter, beredter Mann mittleren Alters, der im Dorf Tago wohnt. »Und für die Sicherheit stehe ich ein«, fügt er hinzu. Ich habe keine Angst. Ich gehe so nah heran ans Fenster wie möglich und schaue auf die fernen, an den Bergflanken verstreuten Dörfer. Nebelschwaden ziehen gen Himmel, schneller, als ich mir vorstellen konnte. Im Wald, wo es kürzlich geregnet hat, passiert etwas Eigenartiges: Die Tannenbaumspitzen sehen zu uns empor, geben aber ihr Geheimnis nicht preis. Im Dorf stoße ich auf ein himmelblau gestrichenes Holzhaus, das auf den ersten Blick verlassen scheint, obwohl auf der Wiese davor ein großes Kalb grast. Es wird dem Nachbarn gehören, denke ich. Mir kommt auch der Gedanke, dass wir uns, ohne es zu wissen, in einem David-Lynch-Film befinden. Volker geht vorneweg, ab und zu bleibt er stehen und fotografiert; er scheint glücklich, dort gelandet zu sein, wo es ihn hinzog. Auf den verschlammten Pfaden müssen wir immer wieder um Pfützen herumgehen; wir ruhen uns aus, gehen langsam zurück. Plötzlich bleibt Beka stehen. Als ich den Kopf wende, sehe ich: Auf seiner Hand liegt eine große Schnecke. Er hat sie aus dem Schlamm gefischt und sucht einen sicheren Ort für sie; schließlich setzt er sie vorsichtig auf eine breitblättrige Pflanze am Wegzaun.

Auf der Rückfahrt nach Chulo frage ich mich, mit ausgebreiteten Armen an das Fenster der roten Kabine gelehnt: Was für Tieren wären wir wohl begegnet, wenn wir die Waldpfade genommen hätten? Da und dort tauchen grüne Lichtungen auf, geheimnisvoll und unerreichbar wie Traumbilder. Ich sehe auch ein bearbeitetes Flurstück: Ein fleißiger Bauer hat keine Mühe gescheut. Mitten am Hang jedoch bemerke ich zwei Gräber; sie liegen nebeneinander auf einem gesäuberten Stück Land, unheimlich gleich sehen sie aus. Wer da wohl begraben liegt? Dann wieder Wald, und mein Blick gleitet über die Tannenbaumspitzen.

***

Wenn ich mir die Fotos vom Schulabschluss ansehe, höre ich die Stimme meiner Georgischlehrerin; ich kann die Wörter nicht heraushören, denn sie folgen still einem Pfad, von dem niemand weiß, wo er endet. Ich liebe diese Stimme, die Stimme dieser Frau in dem handgestrickten Pullover, die auf die Frage einer Schülerin ganz ruhig antworten konnte: »Das weiß ich nicht.«

Ich war glücklich an jenem letzten Tag, denn Schule war für mich immer wie eine unverdiente Strafe, ein gnadenloses Verdikt für ein nicht begangenes Vergehen gewesen. Manche würde Traurigkeit überkommen und ihre Augen würden sich wunderlicherweise sogar mit Tränen füllen; die geschwundene Distanz zwischen Lehrerinnen und Schülerinnen würde Auslöser unerwarteten Schmerzes sein. Als könnten sie die Vergangenheit nicht loslassen – die mit benzingetränkten Lappen gescheuerten Böden, die Flure und Klassenzimmer mit Marx, Engels, Lenin an den Wänden und der Aufschrift auf dem roten Stoffstück: »Die Religion ist das Opium des Volks«, die staubigen Globen auf den Schränken und die eingerollten Landkarten, das Gezeter nach der schiefgegangenen Schulveranstaltung:

»Ihr seid so einen Ausflug gar nicht wert! Verreckt doch in diesen Wänden, ihr frechen Gören!«

Diese Stimme hatte ich vergessen. Ich erinnere mich nur an die der Georgischlehrerin und ihre ruhige Antwort »Das weiß ich nicht«, und das unterschied sie von den anderen Erwachsenen, diesen von sich selbst überzeugten Alleswissern, in deren Hände zu fallen schlimmer war, als Analphabetin zu bleiben, von Dorf zu Dorf gehen und um Almosen betteln zu müssen.

Am 25. Mai 2017 feiert ein Teil der Schüler von Achalziche in der Festung Rabati ihren Schulabschluss. Laute Musik dringt schon am Morgen zu uns, und wir sehen uns den Anlass an: Tanz und Spiel, farbige Luftballons, farbiger Rauch, holprige Gedichtlesungen am Mikrofon, leere Phrasen, entsetzliche, inhaltsleere Phrasen ...

Wir begeben uns auf die andere Seite des Festungskomplexes aus Bauwerken, die im Laufe der Jahrhunderte entstanden sind und mit ihrer Schönheit das Auge begeistern. Ohne Bedauern wenden wir dem sonnenbeschienenen Innenhof den Rücken zu, wo sich nun andere Geräusche in das Lärmen mischen und die Protagonisten der Schulfestlichkeiten und alle, die mit ihnen mitfiebern, wie Insekten herumwuseln.

Die Vergangenheit empfängt uns mit Stille. Ich muss an den Pascha von Achalziche[1] denken, an ein Gesicht, das wie ein Mond am verdunkelten Firmament meines Gedächtnisses aufleuchtet. Die Geschichten jener Zeit gehen ineinander über, aber das Mondgesicht nimmt weder zu noch ab, nur die unschwer zu erkennenden Flecken darauf verblassen.

Wir steigen die Treppen hoch. Unten auf dem Weg erscheinen eine Frau und ein Mann. Die Frau trägt ein tief ausgeschnittenes, bis auf die Knöchel reichendes dunkelrotes Kleid – völlig unpassend für die Umgebung hier, aber bezaubernd wie das Kleid einer Königin aus einer Märchenbuchillustration. Ihr Gesicht kann ich nicht erkennen, kann nichts sagen über die Herrlichkeit ihrer Augen, Brauen und Wimpern.

Volker entfährt ein Ausruf, offensichtlich Ausdruck der Bewunderung. Die Frau im roten Kleid verschwindet aus dem Blickfeld. Wir finden uns bald in der Kühle der dämmrigen Kirche. Wenig später betrachten wir die Mauern der Moschee auf jener Seite, wo früher Haremsfrauen gewohnt haben müssen. Im schmalen Gang stoßen

---

1 Ahmed Pascha (1781 – 1836): muslimisch-georgischer Adliger und autonomer Herrscher (Bey) von Adscharien, der eine wichtige Rolle spielte im Russisch-Türkischen Krieg von 1828/29. Es gelang ihm zwar nicht, Achalziche für die Osmanen zurückzuerobern, aber er konnte die Russen daran hindern, in Adscharien einzufallen. (Anm. d. Ü.)

wir auf Wasserpfützen, wohl Überbleibsel der vergangenen Regentage. Nicht einmal ein Rascheln ist aus den Kammern zu hören. Nicht eine einzige mit ihrem Schicksal hadernde Frauenseele flattert herbei und spannt unter ein paar Seufzern einen leise schwingenden Faden zwischen Vergangenheit und Gegenwart.
»Sag uns, Pascha«, fragt Anne Volker, »wo sind deine Frauen?«
»Sie ruhen. Wie sie es des Nachmittags zu tun pflegen.«
Wieder Treppen steigen. Zwischen den Mauerzinnen durchschauen: auf der einen Seite noch schneebedeckte Berge, auf der anderen alte und neue Gebäude und Bauwerke der Stadt. Ich ziehe den Kopf zurück und blicke zum aufgeklarten Himmel. Vielleicht hat in dem Holzhaus, das ich vor zwei Tagen an dem Berghang entdeckte, auch jemand ein Mittagsschläfchen gemacht - im Holzhaus mit dem himmelblauen Anstrich.

Übersetzung aus dem Georgischen von Rachel Gratzfeld

Irma Tawelidse wurde 1973 in Gori geboren. Sie studierte Philologie und lebt in Tbilissi als Autorin und Übersetzerin aus dem Englischen und Französischen (u. a. von Michel Houellebecq, J. M. Coetzee und Joseph Conrad). Seit 2011 ist sie Mitglied einer georgisch-schwedischen Dramatikergruppe.
Preise: 2017 Tumanischwili-Preis für zeitgenössisches georgisches Theater; 2010 Preis für die beste Erzählung (Bakur-Sulakauri-Preis für die 15 besten georgischen Erzählungen des Jahres), 2008 Literaturpreis Zero
Werke: »Aghmosawletis gamogoneba«, Erzählungen, Diogene 2013; »Awtobiograpia prangulad«, Erzählungen, Siesta 2007. (Eine Erzählung daraus in: »Bittere Bonbons«, Anthologie, edition fünf)

Tbilisi
Schida Kartli
Tiflis
Adscharien
Dschawa-
chetien
Kwemo Kartli

LISSER
მოედანი

TBILISSI

FATMA AYDEMIR

»Du bist so schön wie eine georgische Frau«, bekomme ich in Tbilissi immer wieder zu hören. Ich denke manchmal: Ja, vielleicht bin ich ja georgisch. Mein Vater stammt aus dem türkischen Grenzort Artwin, der zeitweise unter georgischer Herrschaft stand. Vor allem aber fühle ich mich geschmeichelt. Denn die georgischen Frauen, sie sind wirklich außerordentlich schön. Und so mondän. Eines der vielen Dinge, die ich auf meiner ersten Tbilissi-Reise über das mir bis dahin unbekannte Land östlich vom Schwarzen Meer lernen sollte, war, wie hochwertig die Mode Georgiens ist. Wie ungezwungen lokale Labels traditionelle Formen ins Moderne übersetzen. Und wie hier die zeitlose Eleganz des Schlichten in Vintage und in neuen Kollektionen zelebriert wird. Sicher, auch in Tbilissi zeigen reiche Frauen – wie überall sonst auf der Welt – ihren Reichtum gern in Form von Designerhandtaschen und strahlend reiner Haut. Aber wer auch ansonsten modisch einen Hang zum pompösen Show-off offenbart, ist mit großer Wahrscheinlichkeit Touristin. Denn die Georgierinnen mögen es cool.

Nestan Nene Kwinikadse zum Beispiel. Die zierliche Hauptstädterin mit dem zügigen Gang, die sich kurz Nene nennt, trägt statt Makeup nur einen leichten Glitzerpuder unter den Augen. Sehen kann den nur, wer ihr nahe kommt. Und das sind nicht wenige. Kaum ein Besuch in der Innenstadt mit Nene verläuft, ohne dass sie auf Bekannte

trifft, die ihr herzlich um den Hals fallen. Man kennt sie nicht nur als Autorin mehrerer Romane und Drehbücher. Nene moderiert auch eine beliebte TV-Show mit drei befreundeten Intellektuellen, die jeden Samstagmittag live übertragen wird und wo von Film und Literatur bis zur Infrastruktur Tbilissis alles Mögliche besprochen wird, das die Menschen der Stadt bewegt. »Das muss ich morgen in der Sendung thematisieren, damit es repariert wird«, sagt sie einmal, als sie feststellt, dass der Sound einer öffentlichen Kunstinstallation nicht funktioniert. Wir sitzen auf einer Bank im Dedaena-Park, unweit vom Flohmarkt am Ufer des Mtkwari-Flusses, wo Schafspelzmützen, alte Kameras und Stalinbroschen verkauft werden. Unser Blick richtet sich auf eine von drei Metallwänden, die im Dreieck aufgestellt sind. Sie zeigen jeweils ein eingraviertes Porträt des Dichters und Musikers Irakli Tscharkwiani, besser bekannt unter dem Pseudonym »Mepe« (»der König«). »Wir waren alle verliebt in ihn ... Er war der Erste, der experimentelle Popmusik auf Georgisch gemacht hat«, erzählt Nene, während sie versucht, ihre Kopfhörer in die Parkbank zu stöpseln. Eigentlich sollten aus dem Anschluss nun Songs von Mepe ertönen, als Teil der Gedenkinstallation. Aber klappt irgendwie nicht. Nene spielt mir stattdessen was auf YouTube vor. Der Song ist aus den Neunzigern und erinnert mich an Massive Attack. Mepe war auf dem Höhepunkt einer exzentrischen Rockstarkarriere 2006 an Herzversagen gestorben. Ich nicke zur Musik und erwidere den eindringlichen Blick von der Metallwand.

Clubkultur spielt eine große Rolle in Nenes Biografie. Nicht nur ist die Schriftstellerin mit einem erfolgreichen DJ verheiratet, auch ihre Erzählungen spielen immer wieder auf dem Dancefloor. In ihrem zweiten Roman »Techno der Jaguare« lässt sie ihre übernächtigte Icherzählerin nach der Afterhour im bauchfreien Top durch die georgische Hauptstadt ziehen und Passanten mit einem Indianergruß begegnen. »Wir haben hier schon immer viel gefeiert, aber jetzt gerade entwickelt sich Tbilissi zu einem Epizentrum des Techno«, erzählt sie mir aufgeregt. In einer sternenklaren Samstagnacht fahren wir nach einer privaten Hausparty los, damit ich mir ein eigenes Bild von der Clubszene machen kann. Das Café Gallery befindet sich in einer Seitenstraße des Rustaweli-Boulevards, einer der Hauptschlagadern der Stadt. Eine kleine Schlange hat sich vor dem unscheinbaren Häuschen gebildet, aus dem tiefe Bässe wummern. Drinnen ist die Stimmung kurz nach Mitternacht schon ansteckend euphorisch, ein grelles Rotlicht verleiht dem heruntergekommenen Club etwas Verruchtes. Die Musik betäubt. Leute tanzen, flirten, trinken, rauchen, verschwinden in Grüppchen auf die Toilette und sprechen einander interessiert an. Dass Tbilissi neuerdings junge Reisende aus der ganzen Welt anzieht, macht sich direkt am Sprachgewirr erkennbar. »Ich bin auch aus Berlin!«, ruft mir eine junge Frau ins Ohr, die bemerkenswerterweise mit ihrem Vater im Club feiert. »Ist es nicht verrückt, wie gut diese Party ist?! Das erinnert mich so an Berlin, wie es vor zehn Jahren war! Die guten Zeiten!« In der Tat fühle auch ich mich an den Golden Gate Club unter der Jannowitzbrücke erinnert. Nur dass hier das Publikum etwas jünger ist. Und besser gelaunt. Gleich drei nett gemeinte Einladungen erhalte ich an diesem Abend für eine Portion MDMA. Ich lehne dankend ab und spare meine Energie für all die Orte, die ich in den folgenden Tagen noch erkunden will.

Nicht weit vom Club befindet sich das Georgische Nationalmuseum mit seiner Soviet Occupation Hall im vierten Stock. Die Dauerausstellung über die siebzigjährige Besetzung durch die Rote Armee bzw. die Sowjetarmee erklärt zum Teil, warum das russisch-georgische Verhältnis heute immer noch sehr angespannt ist. Überall in der Stadt treffe ich zwar auf junge Touristengruppen aus Russland, doch oft meine ich zu erkennen, wie sich der Gesichtsausdruck der Kellner oder Kellnerinnen verändert, wenn Russisch gesprochen wird. Man will niemanden vergraulen, schließlich ist nicht nur der Tourismus

gut für Georgien, das Land ist auch in anderen Bezügen wirtschaftlich abhängig von Russland. Die Geschichte der sowjetischen Besetzung aber bleibt eine zermürbende Last, wie die Erzählungen von Unterdrückung und Folter und die dokumentierten Exekutionsbefehle gegen Aufständische im Museum klarmachen. Aufschlussreich ist nicht zuletzt auch der aktuellere Teil der Ausstellung, der von der russischen Okkupation Abchasiens seit 1993, des Konflikts um Südossetien und dem Kaukasuskrieg von 2008 erzählt.

Dass im Juli 2017, während die ganze Welt nach Hamburg zum G20-Gipfel schaute, die georgische Grenze erneut im Stillen durch eine russische Intervention um mehrere Hundert Meter verschoben wurde, erfahre ich erst im Gespräch mit Nene im Museumscafé. Sie erzählt von einem Jutebeutel, den ihre Schwester Tinatin Kwinikadse, die Kostümbildnerin und Modedesignerin ist, kreiert und in ihrer Boutique O, Moda, Moda zum Verkauf angeboten hat. »I am from Georgia and my country is occupied by Russia« steht in nüchternen roten Buchstaben auf der Tasche. Das Produkt war direkt

ausverkauft. Doch als Tinatin ein Foto des Protestbeutels auf Instagram teilte, ereilte sie ein regelrechter Shitstorm. Nicht nur erhielt sie unzählige Drohungen von Unbekannten, auch Reiseveranstalter aus Tbilissi riefen sie an, um zu beklagen, sie würde deren Geschäfte kaputt machen, indem sie mit ihrer Mode russische Kundinnen und Kunden verärgere.

An die Besetzung und Plünderung von Tbilissi durch persische Truppen bis ins 18. Jahrhundert wird wiederum mit nostalgischen

Artefakten und wertvollen Kulturgütern erinnert. So ist das Nationalmuseum im Besitz einer beispiellosen Kunstsammlung von Kadscharen-Malereien. Zudem befindet sich im Zentrum von Tbilissi (der Name bedeutet übrigens auf Georgisch »heiße Quelle«) das Altstadtviertel Abanotubani, in dem sich traditionelle Schwefelbäder aneinanderreihen. Die historischen Bäder liegen teilweise unterirdisch, nur ihre Dächer sind in Form von orientalischen Steinkuppeln sichtbar.

Nene und ich mieten uns an einem Vormittag in ein Bad ein, das von Aserbaidschanern betrieben wird, der größten Minderheit Georgiens. Nach etwa fünfzehn Minuten zu zweit in unserer privaten, fast unerträglich heißen Wanne kommt eine lächelnde Masseurin dazu. Sie legt uns nacheinander auf eine warme Steinplatte und beginnt zu schrubben. Auf Aserbaidschanisch bittet sie mich, mich umzudrehen. Die Sprache ist sehr eng verwandt mit dem Türkischen, deshalb kann ich mich mit ihr ein bisschen über die Hamamkultur unterhalten. Als sie fertig ist, präsentiert sie mir stolz ihren Schwamm, meine abgestorbenen Hautschuppen schimmern mir gräulich entgegen. Sie reicht mir einen weichen Bademantel, ich setze mich mit Nene ins Nebenzimmer, wo bereits eine Kanne schwarzer Tee für uns bereitsteht. Die Masseurin stellt einen Aschenbecher hinzu. Wir erholen uns rauchend von ihren kräftigen Armen.

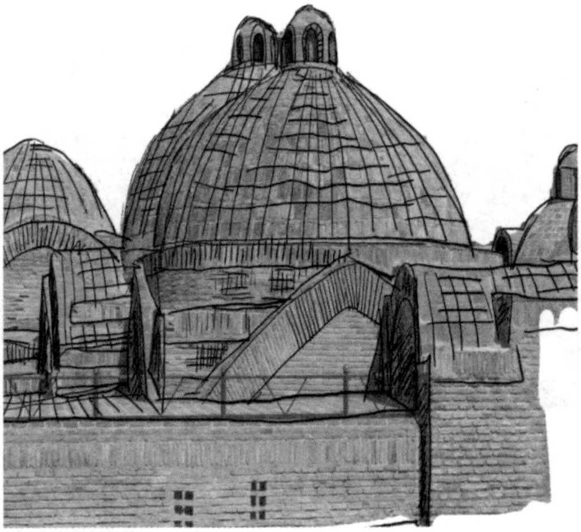

Bevor die heiße Quelle unter Tbilissis Erde einer Legende nach vom Stadtgründer Wachtang von Iberia im 6. Jahrhundert entdeckt wurde, war Mzcheta die Hauptstadt des Königreichs gewesen. Die dreitausend Jahre alte Stadt befindet sich nur wenige Kilometer nördlich von Tbilissi und zählt heute rund achttausend Einwohner. Wir machen uns mit dem Auto auf den Weg in den Ort, der lange als eine der wichtigsten Handelsstädte an der Seidenstraße galt. Auf einem Hügel, der einen umwerfenden Blick auf die Stadt, die Berglandschaft und den Zusammenfluss der Flüsse Mtkwari und Aragwi bietet, steht das Dschwari-Kloster. Gemeinsam mit anderen Monumenten Mzchetas ist das georgisch-orthodoxe Kloster heute als Unesco-Weltkulturerbe gelistet. Viele Besucher kommen hier hoch, um eine Kerze anzuzünden und ein Gebet für die heilige Nino zu sprechen. Sie soll der Überlieferung nach das Christentum nach Georgien gebracht und schon im 4. Jahrhundert an der Stelle des Klosters ein Kreuz errichtet haben.

Ich sehe, dass auch Nene ein Gebet spricht, und frage sie, welche Rolle Religion für junge Georgierinnen und Georgier spielt. Sie erklärt mir, dass christliche Bräuche wie die kirchliche Trauung oder die Taufe eigentlich recht beliebt sind, auch bei Personen, die sich nicht explizit als religiös begreifen. Da ich die identitätsstiftende Wirkung von Religion aus der gegenwärtigen Türkei kenne, kann ich mir vorstellen, dass religiöse Bräuche auch in Georgien eher als georgische Bräuche gelesen werden und eine Art Rückbesinnung auf die eigene Herkunft darstellen. Einerseits, weil das Praktizieren von Religion zur Sowjetzeit verboten war, andererseits aber auch, weil Georgien mit der Eroberung Konstantinopels im Jahr 1453 durch die Osmanen den westlichen Anschluss zum europäischen Christentum verloren hatte. Rund dreihundertfünfzigtausend sunnitische Musliminnen und Muslime leben heute noch in der westlichen Region Adscharien. Ihre Vorfahren waren unter der osmanischen Herrschaft in dieser Region konvertiert. Einige Familien konvertieren heute wieder zurück zum Christentum.

Ein mir aus Erzählungen meiner Mutter bekanntes Gericht wird uns in einem urigen Restaurant mit niedrigen Holzhockern in Mzcheta serviert. Chinkali heißen die mit Hackfleisch gefüllten, feigenförmigen Teigtaschen, ein Nationalgericht Georgiens. Man isst die Taschen dampfend heiß mit der Hand, um die salzige Soße herauszuschlürfen. Meine Mutter nennt sie Hengal und kennt sie aus ihrer Kindheit in Kars, der Provinz an der armenisch-türkischen Grenze, von der Orhan Pamuk in seinem berühmten Roman »Schnee« erzählt. Als plötzlich zwei Flaschen Bier vor uns auf den Tisch gestellt werden, die wir nicht bestellt hatten, sehe ich, wie uns eine Gruppe junger Männer vom Nachbartisch zuprostet. »Das ist normal, irgendwie fast Tradition«, erklärt mir Nene und bedankt sich höflich bei den Männern. »Wenn Männergruppen unterwegs sind, geben sie immer ein paar aus, um mit den Frauen ins Gespräch zu kommen.« Wir teilen uns ein Bier und schicken das andere wieder zurück.

Zurück in Tbilissi besuchen wir das Writers' House, eine Art Literaturhaus, in dessen Café es vielleicht die besten Desserts der Stadt gibt. Nene stellt mir ein paar ihrer Schriftstellerkolleginnen und -kollegen vor, die gleich eine Veranstaltung besuchen wollen. Die imposante Jugendstilvilla mit dem großzügigen Garten wurde zu Beginn des 20. Jahrhunderts im Auftrag eines georgischen intellektuellen Unternehmers erbaut und stammt vom deutschen Architekten Carl Zaar. Die Bodenfliesen der Terrasse sind von Villeroy & Boch und werden demselben Stil zugeordnet wie die Fliesen des Kölner Doms und des Bolschoi-Theaters in Moskau. Seit über hundert Jahren ist das Gebäude trotz wechselnder Regimes stets ein zentraler Treffpunkt für die Literatenszene der Stadt gewesen. So war die Villa auch Schauplatz dramatischer Ereignisse, wie dem Suizid des berühmten Poeten Paolo Iaschwili. Er soll sich 1937 im zweiten Stockwerk das Leben

genommen haben, während sich im Erdgeschoss die Autorengewerkschaft versammelt hatte. Später sollten viele Zeugen und Dokumente darauf hindeuten, dass es sich viel eher um einen vom Sowjetregime befohlenen Mord gehandelt habe.
Ein anderes geschichtsträchtiges Gebäude der Stadt ist Fabrika. Die ehemalige Sowjet-Textilfabrik beherbergt heute ein liebevoll eingerichtetes Designhostel, mehrere Cafés und Restaurants sowie Kunstgalerien und Modeboutiquen. Mit großflächigen Graffiti und einem weitläufigen Innenhof inklusive Halfpipe für Skater hat sich Fabrika zum Hotspot für junge Hauptstädter sowie Touristen entwickelt. Ich finde schließlich einen Laden, in dem Lagerbestände der Textilfabrik aus den Achtzigerjahren für Spottpreise verkauft werden – als wolle man sie dringend loswerden. Gepunktete Baumwollblusen mit Riesenschleifen. Polyesterkleider mit bunten Mustern. Eine wahre Goldgrube für mich, die keinen problematischen Mief erkennt, sondern nur außergewöhnliche Mode. Und doch merke ich, hätte ich diese Restbestände in Fabrika nicht entdeckt, hätte ich kaum einen Zugang zu diesem Ort gefunden. Denn nirgends in der Stadt hatte ich so sehr das Gefühl, ich könnte mich gerade eigentlich genauso gut in Brüssel oder Barcelona befinden, wie hier. Die Sowjetgeschichte wird in Fabrika von der zermürbenden Last zum fotogenen Instagrammotiv transformiert. Doch dann wiederum frage ich mich: Wieso auch nicht?

Fatma Aydemir wurde 1986 in Karlsruhe geboren und studierte Germanistik und Amerikanistik in Frankfurt am Main, seit 2012 lebt sie in Berlin. Sie arbeitet als Redakteurin bei der *taz* und ist freie Autorin für *Spex* und das *Missy Magazine*. Bei Hanser erschien 2017 ihr Debütroman »Ellbogen«.

შეყვარებულები და მორიდებული ქალი

DIE SCHÜCHTERNE FRAU UND DAS LIEBESPAAR

NESTAN NENE KWINIKADSE

Ich weiß nicht, ob er mich nach all den Jahren wiedererkannte. Ich erkannte ihn sofort, als er vor den Meisterwerken der Kadscharen-Zeit[1] stand und vermutlich darüber nachdachte, dass die Welt zu jener Zeit doch von Kriegen und Umwälzungen erschüttert war. Wie konnte es dann sein, dass sich die Frauen auf den Gemälden am liebsten mit Tamburin und Papageien hatten darstellen lassen, ein Jüngling einen Falken hält, Liebende einander umarmen, Rosen blühen? Dass Kämme mit Gedichten beschriftet sind und Tänzer uns ihre hennagefärbten Sohlen zeigen? Woher kommt dieser farbenprächtige Stil? Woher diese Sicht auf die Sexualität? Woher dieses Schönheitsideal?

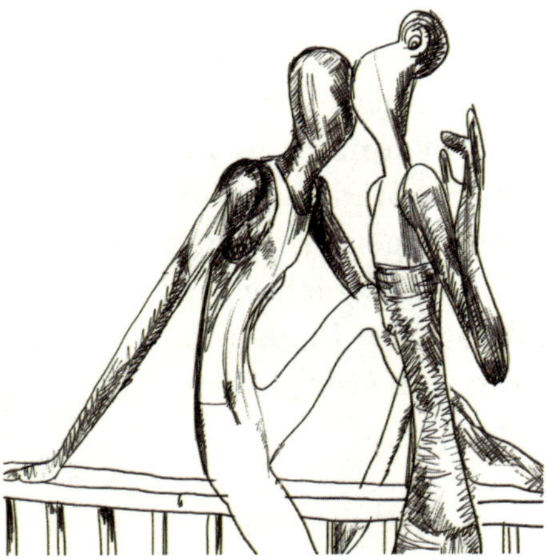

1 Kadscharen: persische Dynastie (1794 – 1925), hervorgegangen aus dem turkmenischen Stamm der Kadschar, begründet vom Eunuchen Aga Mohammed, der 1795 Georgien besetzte, Tiflis nach der Schlacht von Krzanissi zerstörte und Zehntausende Georgier als Sklaven verschleppte. Die Kadscharen erlangten unter Fath Ali Schah (1797 – 1834) und Nasir ad-Din (1848 – 1896) bedeutende Macht. Das Reich zerfiel, als ihr letzter Schah, Ahmed, 1925 von Reza Schah abgesetzt wurde. (Anm. d. Ü.)

VESHA
ART STUDIO
VESHA
HOUSA

Ich bin in einer Zeit aufgewachsen, als in Tbilissi hinter jedem Busch ein onanierender Junge stand. Sein Geschlechtsorgan in der Hand, rief er dir irgendwas zu, um die Aufmerksamkeit auf sich zu ziehen. Schriest du ihn an, verzog er sich. Erschrecktest du dich, ging er dir nach. Der Bürgerkrieg war gerade zu Ende gegangen. In der schönsten Küstenregion des Landes jedoch machte man sich bereit für einen neuen Krieg.
Unser Leben ging trotzdem weiter, wir lernten, lasen, stellten, wenn wir Strom hatten, mithilfe eines Aufnahmegeräts mit Doppelkassette Mixtapes zusammen und hörten Musik. Am Ende unserer Straße, einer Sackgasse in einem italienischen Hof, hatte Nona ein Kosmetikstudio eingerichtet. Epilationen machte sie mit einem pedalbetriebenen Elektroapparat. Wenn Nona Zeit hatte und es gleichzeitig auch Strom gab, gingen wir Mädchen zu ihr und ließen die höllisch schmerzhafte Prozedur der Nadelepilation über uns ergehen. Manche beklagten sich über dunkle Behaarung auf den Armen, manche über Härchen auf den Wangen. Manche wollten auch den Flaum über der Oberlippe entfernt haben.
Nona hatte zwei Söhne im Teenageralter. Wir versuchten, in ihr Studio hinein- und wieder hinauszuschlüpfen, ohne dass sie uns sahen. Wir genierten uns.

Er ist es. Der Ältere. Ich erinnere mich, er nahm Unterricht in georgischem Tanz. Ich würde gerne zu ihm hingehen und mich vorstellen, mich nach seiner Mutter erkundigen, aber ich geniere mich.

Ich weiß, es ist nicht normal, so schüchtern zu sein, wie ich es bin. In der Kinderkrippe und im Kindergarten war mir oft geradezu übel vor Schüchternheit. Und als Jugendliche bin ich nicht mutiger geworden. Als wir am 12. Oktober 1989 von der Geburtstagsfeier meiner Tante nach Hause gingen und von der Paolo-Iaschwili-Straße auf die Lado-Asatiani-Straße wechselten, fielen mein Vater und meine Mutter, die sich auf verschiedenen Straßenseiten befanden, gleichzeitig bewusstlos auf den Bürgersteig. Ich genierte mich, um Hilfe zu ru-

fen. Und das in einem Moment, wo ich aus vollem Hals hätte schreien müssen. Fremde Leute standen um uns herum, der Rettungswagen traf ein und brachte uns ins Krankenhaus.
Mein Verhalten hat mir einen Schrecken eingejagt. Dann kam der nächste Schrecken: die Diagnose für die plötzliche Ohnmacht meiner Eltern. Fast ein halbes Jahr zuvor, am 9. April, während der Demonstration für die Unabhängigkeit Georgiens, hatte die russische Armee nicht nur mit Spaten auf Jugendliche eingeschlagen und es hatte Todesopfer gegeben, sondern auch verbotenes Giftgas eingesetzt, um die Demonstranten zu zerstreuen. Die meisten Betroffenen waren am selben Tag im Krankenhaus gelandet. Andere erst Monate später. So passierte es auch meinen Eltern.
Mein Vater verschied bald im Krankenhaus. Meine Mutter vier Monate später.
Ich war vierzehn Jahre alt. Meinen Klassenkameraden blieb ich nur wegen dieser Geschichte in Erinnerung. Meine Tante nahm mich bei sich auf und ich bereitete mich auf ein Studium an der kunsthistorischen Fakultät vor. Auch dort bewegte ich mich unscheinbar und leise wie eine Feder von Hörsaal zu Hörsaal.
Ich weiß nicht, ob ich Sinn für Humor habe. Obwohl ich, wenn jemand einen guten Witz macht, lachen kann. Aber ich kann mich nicht entsinnen, selbst jemals gescherzt zu haben.
Nur als ich vierzig wurde, da dachte ich, das sei nun mein ganz persönlicher Witz. Ich konnte mich gar nicht abfinden mit diesem Alter.

Ach, einmal habe ich mir mit einem russischen Kunden einen Scherz erlaubt. Meine erste Arbeitsstelle war in einem Teppichgeschäft. Der nicht besonders große Verkaufsraum enthielt neben traditionellen kaukasischen Webarbeiten auch Orientteppiche. Auf Holzregalen hatten wir tuschische, kachetische und swanische Teppiche gestapelt. Auch aserbaidschanische, dagestanische und persische. Wir hatten Wandteppiche und Decken. Eine Riesenauswahl. Als also einmal ein Russe mich jeden Teppich und jeden Wandbehang hatte ausbreiten lassen, mich nach der Geschichte von jedem einzelnen Stück gefragt hatte und dann kein einziges kaufte, wurde ich wütend. Als er den Laden verließ, folgte ich ihm, nahm ihn am Arm und sagte, ich hätte vergessen, ihm ein Stück zu zeigen. Der Mann machte sich höflich von mir los, er hätte es eilig, ein andermal. Einen solchen Teppich

würde er aber nirgendwo sonst zu Gesicht bekommen, erwiderte ich und ließ nicht locker. »Wieso?«, fragte er, nun mit sichtlichem Interesse. Mit vor Wut trockenem Mund und mit beißendem Sarkasmus warf ich ihm entgegen: »Weil es ein fliegender Teppich ist.« Er hat sich umgedreht und ist schnell davongegangen.
Danach arbeitete ich kurze Zeit als Ticketverkäuferin im Botanischen Garten. Ich mochte den Weg zu meinem Verkaufshäuschen. Den Steilhang. In die Fenster der Häuser dort zu gucken, wo schmal-

gliedrige tatarische Männer im Schneidersitz Tee aus lädierten Gläsern tranken. Ich mochte es, meinen Blick über den muslimischen Friedhof gleiten zu lassen. Der Ort wurde Gorchana genannt. Alle Tbilisser Muslime wurden dort bestattet. In der Sowjetzeit waren die Mehrzahl der Gräber mit Traktoren eingeebnet und nur die Grabstätten einiger weniger berühmter muslimischer Persönlichkeiten übrig gelassen worden.

Ich war allein in dem Häuschen und hatte es nach meinem Geschmack eingerichtet. Der Platz genügte mir vollauf. Meine ganze Kindheit lang hatte ich davon geträumt, in einem solchen Häuschen

zu leben. Ich hatte ein Plaid über den Elektroradiator gebreitet und wärmte winters so meine Beine. Ich hatte auch einen elektrischen Wasserkocher, Kaffee und Zwieback mit Marmelade. Ich hatte Haselnüsse. Nur sie zu knacken scheute ich mich. Monotone Bewegungen machen mich verlegen. Sogar beim Gehen wechsle ich deshalb oft das Tempo.

Ich weiß nicht, war es wegen des verdammten Hunds, der mich eines Tages, als ich bei meinem Häuschen ankam, anfiel, sich in meinen

Schenkel verbiss und mir ein Stück Fleisch herausriss, oder war es aus einem anderen Grund, jedenfalls dachte ich nicht an eine Rückkehr, nachdem ich mich hatte impfen und behandeln lassen.
Gegen die Angst vor Hunden musste ich lange ankämpfen. Doch dann starb meine Tante und ich hatte nicht mehr nur Angst vor Hunden, sondern auch vor dem Klingeln des Telefons. Ich blieb ganz allein zurück in dem großen alten Haus mit dem Balkon, das hohe Decken und einen von Deutschen gebauten, atemberaubend schönen Kamin hatte. Die Sonne strahlte durch riesige Fenster herein. Das Haus war immer sonnig. Zu jeder Jahreszeit. Trotzdem war ich sehr verwirrt, als der Sarg für meine Tante gebracht wurde und ein ungewöhnlich klein gewachsener Mann, der sich erstaunlich flink bewegte, mich kurz angebunden fragte, wo in der Wohnung denn die Sonne aufginge. Nein, so elend war es meiner Familie nicht ergangen, dass ich bei der Totenwache allein hätte sitzen müssen. Meine Tante hatte einen großen Bekanntenkreis gehabt. Vierzig Jahre lang hatte sie als künstlerische Assistentin im Kinostudio gearbeitet und das halbe Leben Seite an Seite mit den kreativsten Künstlern der Zeit verbracht. Ihre herzergreifenden Skizzen aus den Dreißigerjahren und den Folgejahren, die ich in meiner Kindheit in ihrem Zimmer sah, machten einen so großen Eindruck auf mich, dass ich diese realistische und gleichzeitig groteske Welt mit Händen greifen, die Füße hineinsetzen wollte. Mich kleiden wollte wie die großäugigen Mädchen in den Filmen. Weinen wollte wie sie. Auch ich wollte Salz suchen in den Bergen[2]. Aber ich genierte mich. Ich konnte nur schauen. Also schaute ich mir alles an, was mir gefiel. Dann, als sie sich in einem Dreiecksverhältnis wiederfand, wollte meine Tante nicht

---

2 Anspielung auf den Filmklassiker »Das Salz Swanetiens« (1930) von Michail Kalatosow (gebürtig Micheil Kalatosischwili, *1903 in Tiflis, † 1973 in Moskau), sowjetischer Filmregisseur georgischer Abstammung. Seine frühen Filme waren unter Stalin verpönt, später gewann er internationale Preise. Der ursprünglich als rein fiktiver Spielfilm geplante Dokumentarfilm gilt als früher Meilenstein des ethnografischen Kinos. (Anm. d. Ü.)

mehr im Kinostudio bleiben, wo sie alle mit schrägen Blicken ansahen. Sie wechselte die Stelle und wurde stellvertretende Direktorin der Awlabari-Druckerei. Die Druckerei in der Nähe der Metrostation »300 Aragweli« war auch unter dem bolschewistischen Begriff »Fabrik« bekannt.

In dieser ehemaligen klandestinen Druckerei der georgischen Bolschewiken gibt es einen gigantischen Brunnen, der einen unterirdischen Ausgang hat und zu einem geheimnisvollen, dunklen Bereich führt. In dem Untergrund-Labyrinth druckten die Bolschewiken von 1903 bis 1906 Tausende Proklamationen und Broschüren in drei Sprachen – Georgisch, Russisch, Armenisch – und verbreiteten sie im ganzen Kaukasus, aber auch in Europa und in Russland.

Ich hätte schon oft Gelegenheit gehabt, durch den Brunnen hinunterzusteigen, aber ich scheute mich davor.

Hingegen machte es mir nichts aus, zu einem Vorstellungsgespräch im Nationalmuseum zu gehen. Sie suchten eine Aufseherin für die Ausstellungsräume. Ich tat mich zwar schwer, mich selbst zu präsentieren, aber sie stellten mich trotzdem ein. Wahrscheinlich, weil ihnen meine Antwort auf die Frage, was Georgien meiner Meinung nach der restlichen Welt zu geben habe, sehr gefiel. Ich sagte: »Auch wenn Georgien im Laufe der Jahrhunderte immer wieder schwere Zeiten erlebt hat und diese großenteils alleine, von allen vergessen, durchstehen musste, so konnte das Land doch weltweit einzigartige Schätze bewahren.« Darauf trat Schweigen ein. Anderntags erhielt ich die Nachricht, dass ich die Stelle bekam. Bald darauf erwarb das Museum eine Kollektion aus der Kadscharen-Zeit, mit deren Aufsicht ich betraut wurde.

Ich habe gute Arbeitskolleginnen. Sie wissen, dass ich etwas seltsam und schüchtern bin, aber sie laden mich trotzdem immer zu ihren Festen ein, die sie abwechselnd bei sich zu Hause geben. Wir kommen dann alle achtzehn zusammen: Die Ausgrabungen von Mzcheta, Die Ikonen, Die Okkupation, Die Kadscharen … – so nennen wir uns gegenseitig. Wir versammeln uns, alle schwelgen und schlem-

men, ich jedoch geniere mich zu essen. Ich geniere mich, weil man mir ansehen könnte, wie lieb mir diese Menschen sind. Ich geniere mich und beiße mir vor Verlegenheit auf die Lippen.
Ich mag meine Arbeit, bei der ich Tausende von achtlosen und seltsamen Besuchern im Auge behalten muss. Einmal hat ein Mädchen sich mit Azeton den Nagellack von den Fingern entfernt, während sie sich die Exponate ansah. Ich ging zu ihr hin und verwies sie. Darauf beschimpfte sie mich: »Du hast wohl ewig keinen Sex mehr gehabt! Man sieht's dir an.« Den ganzen Tag musste ich darüber nachdenken, was Sex mit Azeton zu tun hat.
Ein andermal hat mitten im Saal ein Mann, der auf den ersten Blick ganz ruhig dastand, seine Frau plötzlich ins Gesicht geschlagen. Warum, weiß ich nicht. Die Security kam hereingestürzt und wies beide aus dem Museum.

Ich zerschmelze vor meinen Jünglingen und Mädchen mit ihren ein wenig zotteligen Haaren, ihren über der Nase zusammengewachsenen Brauen und den entblößten Brüsten der Mädchen, die mir ständig in die Augen sehen und mich bitten, irgendein Geheimnis zu bewahren. Manchmal fühle ich mich überwältigt und wende den Blick ab. Dann wieder ärgere ich mich über mich selbst.
Auch jetzt ärgere ich mich: Los, geh, was genierst du dich? Sprich ihn an, Nonas Ältesten, der immer zum Tanzunterricht ging, und frag ihn, wie es ihr geht. Unterdessen hat der junge Mann den Gemälden den Rücken gekehrt und ist aus dem Saal gegangen.
Es dämmert. Ich habe Feierabend. Bevor ich gehe, führe ich das übliche Ritual durch, ich sammle meine Sachen ein und werfe, die Tasche in der Hand, einen letzten Blick auf die Gemälde. Plötzlich spüre ich, absolut real, einen Guss kalten Wassers. Ich schaue zu dem Gemälde, das ich seit so vielen Jahren schon vor Augen habe, ich schaue, und da ist etwas nicht so, wie es sein sollte. Ich schaue zu den anderen Exponaten und kann nichts Ungewöhnliches entdecken. Ich schaue wieder zu dem Liebespaar und dem Diener, gehe näher heran. Was geschieht da?, frage ich sie und mit ihnen jene Welt, die ich besser ken-

ne als mich selbst. Ich kenne diese Welt mitsamt Karim Khans ganzem Hofstaat, mitsamt Fath Ali Schahs Machtspielen, mitsamt ebendessen Verbot von Kaschmir-Schärpen, das er erließ, um die einheimische Kirman-Wolle zu fördern, mitsamt den vielen interessanten Persönlichkeiten, die nach dem Russisch-Persischen Krieg nach Georgien flohen. Im Depot verwahre ich einen Krug aus der Zeit der Ilchane, eines der ersten Exemplare. Schalen, woraus gewahrsagt wurde. Illustrationen aus dem Schahnameh. Von kadscharischen Farbminiaturen bis zur Tafelmalerei aus dem Iran des 18. Jahrhunderts – damit kenne ich mich hervorragend aus.

Ich bringe nichts durcheinander. Wo also ist die Rose, die der Geliebte in der Hand hielt?
Ich schleppe einen Stuhl herbei, stelle ihn vor das Gemälde. Es fehlt nicht viel, und das Herz springt mir aus der Brust. Ich ziehe meine Brille aus der Tasche, setze mich auf den Stuhl, bleibe unentwegt sitzen und beobachte, was passiert. Die Stunden vergehen, gar nichts passiert. Die Rose taucht nicht wieder auf. Die Security fragt mich, ob ich nicht nach Hause ginge. Ich springe auf und verlasse das Gebäude, mache mich, immer noch verärgert über den orientalischen Streich, zu Fuß auf den Heimweg nach Sololaki, in mein Viertel. Und je mehr ich mich ihm nähere, desto größer wird meine Schadenfreude gegenüber den »Kadscharen-Schelmen« im Museumssaal: Jawohl, im 19. Jahrhundert galt Sololaki als das prestigeträchtigste und europäischste Stadtviertel von Tiflis, denn hier wohnten die hiesigen arrivierten Intellektuellen und Unternehmer. Jawohl, die Iaschwili-Straße, meine Straße, mit ihren Innenhöfen und Toren war wesentlicher Teil des »kaukasischen Paris«. Und ist es noch heute. Auch heute

noch bewahrt sie die Atmosphäre des alten Tiflis und die für die letzten Jahrhunderte typische kosmopolitische Architektur. Das persische Georgien aber ist untergegangen – mit solchen Gedanken strafe ich die Kadscharen mit ihren zusammengewachsenen Augenbrauen.

Ich bringe keinen Bissen hinunter. Mache kein Auge zu. Mir ist, als würden meine langen Extremitäten nicht mehr ins Bett passen. Ich bilde mir ein, die Nachbarskatze versuche, sich durch mein Fenster hereinzuzwängen. Ich denke daran, dass ich dem Grabpfleger das Geld zu spät gegeben habe und ich die Gräber meiner Mutter, meines Vaters und meiner Tante verwahrlost antreffen werde. Was soll ich jetzt tun? Dem Direktor kann ich nichts sagen, ich geniere mich. Er glaubt ohnehin, ich sei komisch, und geht mir immer aus dem Weg. Aber sollte jemand anderes etwas bemerken, werden sie Rechenschaft von mir verlangen: Warum hast du nichts bemerkt? Warum hast du uns nichts gesagt? Ich weiß nicht, was ich tun soll, was besser ist.

Ich schlüpfe aus dem Bett. Brühe Tee auf. Löffle Orangenmarmelade auf den Verschlussdeckel und esse sie so. Automatisch blicke ich auf das Kreuzworträtselbuch: Ich habe alle Rätsel ausgefüllt, also bemale ich jetzt die Weißräume. Ich zeichne einen Löwen.

Ich weiß, was ich tu! Ich habe einen Geistesblitz: Das nächste Fest wird bei mir gefeiert. Ich habe meine Arbeitskolleginnen ja noch nie zu mir eingeladen. Ich bereite ein Festessen. Brüste mich mit der Skizzensammlung meiner Tante, dem alten Service und den großen, sonnendurchfluteten Zimmern. Ich setze Maisbrei auf, besorge Sulguni-Käse. Backe Eclairs. Likör habe ich und Wein auch. Sie werden

fragen, warum ich bisher nie was gesagt habe, warum ich so schweigsam bin. Wenn sie dann also bei mir sind, essen, trinken und Giuli und Tato fertiggesungen haben, wenn sie zufrieden und satt sind, dann ergreife ich das Wort. Ich stehe auf und sage: »Mädels, ich weiß, ihr werdet es nicht glauben, aber dem Liebespaar ist eine Rose abhandengekommen.« Ganz sicher werde ich das sagen. Ich werde es sagen, falls ich mich nicht im letzten Moment doch noch geniere.
Und wenn ich während des Redens irgendwann merke, dass mir das Wort in der Kehle stecken bleibt, setze ich neu an, als ob ich etwas ganz anderes sagen wollte. Sagen, wie sehr ich sie mag, diese treuen und mutigen Seelen. Diese unterdurchschnittlich verdienenden siebzehn Schutzgöttinnen millionenteurer Exponate.

Übersetzung aus dem Georgischen von Rachel Gratzfeld

Nestan Nene Kwinikadse, geboren 1980, ist Autorin, Drehbuchautorin und Journalistin. Sie absolvierte die Schota-Rustaweli-Universität für Theater und Film. Seit 2006 ist sie Chefredakteurin des georgisch-englischen Monatsmagazins *Focus*. Regelmäßig erscheinen Essays und Artikel von ihr in der Zeitschrift *Anabetschdi*. Gegenwärtig arbeitet Kwinikadse als Produzentin einer Talkshow für den Fernsehsender *Rustavi 2* und als Herausgeberin des Ausgehmagazins *Tbilisi Out*.
Werke: »Ispahanis bulbulebi«, Roman und Kurzgeschichten, Books in Batumi 2015 / Deutsche Übersetzung von Tamar Muskhelishvili: »Die Nachtigall von Isfahan«, Orlanda Verlag 2017; »Iaguarebis tekno«, Roman, Nestan Kvinikadze Publishing 2008, Ausschnitt daraus in: »Techno der Jaguare – Neue Erzählerinnen aus Georgien«, Frankfurter Verlagsanstalt 2013; »Herself«, Kurzgeschichten, Nestan Kvinikadze Publishing 2005; »Paiuschi pantanebi«, Prosasammlung, Georgian Book Publishing 2003; »Amargi«, Dokumentarischer Roman, Saari 2001; »Ertsulad«, Prosasammlung, 1999

სვანეთი
Kachetien
Tbilis

SVANISH SALT
TEA
COFFEE
CAKE

SWANETIEN, 7 GEDICHTE

STEPHAN REICH

I.

hinter megreli
heben sich die häuser von ihren krücken

jesus lässt die arme hängen
als würde er die suizidalen kühe
von den straßen bitten

(sie teilen den todeswunsch der taxifahrer)

& in den rohbauten wohnen
die letzten wochen des sommers, das land

erhebt sich, hochgehievt vom meer,
das in der ferne an den bächen zieht

bevor die ersten türme durch den boden stoßen,
wie mit dem berg emporgewachsen, warten tapfer

auf die lawinen, touristen, lawinen

II.

Anna sagt: *der schwarze bach*
ist ein eigenartiges geschöpf, nachts

isst er die straße, tags speit er sie aus
& jene, die salz holen gingen

teilen jetzt die geheimnisse
des bergs, der riesen & götter, ihre grabbeigaben

cola, zigaretten, für immer
eine kaputte bremse alt & weiter oben

funkeln die goldenen geweihe, der berg behangen
mit ketten von schleifen von straßen

zahlen wir den wegzoll: einen schwindel &
sieben oder neun oder zwölf
geschichten von steinböcken

III.

in mestia ist krieg
auf der tanzfläche

eine fremde armee
kam das gebirge hochgeritten, ihre uniformen
von jack wolfskin

nun ertönt der schlachtruf
dreistimmig, der schlachtplan
eine zweisprachige speisekarte

& einer lädt seine panduri durch, zielt, feuert
akkorde in die menge

ihre drei saiten, wie das swanische salz,
ein zur qualität umgedeuteter mangel

IV.

in den postkartenständern
drehen sich die vorfahren. *Svaneti*

100 years ago die gesichter sepia, aber der fluss
ist derselbe, ein protestmarsch

aus wasser und lehm, der lärmend durchs dorf zieht & immer
den berg in reglosem schlepptau

bevor dann der schnee kommt, die landschaft beruhigt, so
zeigen's die karten, den nachfahren
sein fell über die schultern legt *100 years ago*

war der schnee wasser & umgekehrt, hat die ahnen
gesehen die postkarten drehn sich
im winter hier langsamer

V.

im angstlosen herz
fürchten sich die lämmer

kreisen um die kirche
wie eine spule, eins, zwei,
ziehen die zeremonie auf

drei: der goldene schnitt, der gurgelnde bach
blut, die gedeckten tafeln, jesus maria

blicken skeptisch
in ihrem kokon aus glas

& neben der kirche lächelt der zaun
ein schiefes lächeln. dahinter
schiefer, die schlachtbank

desinfizieren wir
mit tschatscha

VI.

nachts rüsten sich die hunde
gegen unsichtbare wölfe, ihr gebell

baut in den wehrtürmen nester, lockt lawinen
aus echo ins tal & die häuser brennen

vom signal der fernseher, die satellitenschüsseln
lauschen still nach empfang

während die berge das dorf sanft halten, ihre farbe
den stunden anpassen, pulsieren, Beka sagt:

diese berge sieht man jedes mal
zum ersten mal

VII.

vor dem abstieg
justieren wir die köpfe neu

lesen die bauchige schrift
des heimwegs, eine braille
die unter den reifen knistert & in uns

rostet das wasser, 5000 meter alt, die kids
auf den pferden singen
we will rock you, an den wegen

skelettieren die sowjetischen trucks, trommelt
der wald in unseren augen winken die finger
der türme zum abschied

singen wir
we will, we will

Stephan Reich, 1984 geboren, lebt in Berlin. Er studierte Germanistik, Anglistik und Soziologie in Münster und arbeitet als Redaktionsleiter bei *11FREUNDE*. Seine Texte werden in Zeitschriften und Anthologien veröffentlicht, beim 18. sowie 21. open mike der Literaturwerkstatt Berlin war er unter den Finalisten. Im Frühjahr 2014 erschien das Lyrik-Debüt »Everest«, 2016 sein erster Roman »Wenn's brennt«.

ქუჩა

DIE STRAßE

ANNA KORDSAIA-SAMADASCHWILI

Mein Großvater hatte blaue Augen. Damals wie heute bedaure ich sehr, dass ich nicht seine Augen habe. Großvater konnte außergewöhnlich gut singen und tanzen. Ich singe schlecht, vom Tanzen ganz zu schweigen, und natürlich bedaure ich, dass ich ihm darin genauso wenig ähnele. Doch er liebte mich, wie ich bin, und auch ich liebte ihn über alles.

Großvater erzählte tolle Geschichten, bloß hatte er selten Zeit dazu. Deshalb weiß ich wirklich wenig über ihn. Später erfuhr ich mehr, als Großvater gestorben war und ich seine Tagebuchaufzeichnungen fand, dicke Hefte voller dünner, kettenartig aneinandergereihter Buchstaben. Großvater schrieb auf Swanisch, und obwohl Vater mir etwas übersetzte und Swanisch zu lesen für mich eine Qual war, prahle ich damit, dass ich Swanisch kann, und überhaupt, dass ich ein swanisches Mädchen bin.

Ich bin sehr stolz darauf, Ominde Kordsaias Enkelin zu sein, und dass er, unter vielen anderen großartigen Dingen, die Straße in Swanetien gebaut hat. Er hat sie wirklich gebaut, und ich sage: »Die Straße in Swanetien hat mein Großvater gebaut.«

Wenn er sich an die Vergangenheit erinnerte, daran, unter welchen Entbehrungen und Gefahren der swanische Mann auf dieser Straße gelitten hatte, dachte mein Großvater an diejenigen Menschen, die auf dieser Straße umgekommen waren, bei Besorgungen oder um Salz zu holen. Er erinnerte sich und wusste von jedem den Vor- und Nachnamen, sei er aus Lendscheri, Latali, Mestia, Mulachi oder einer aus den Dörfern oberhalb von Uhghwili, einer von unseren Leuten, die das Dorf Zwirmi verlassen und auf dieser Straße ihr Leben gelassen hatten.

*

Eines Tages war mein Onkel, Iwane Gulbani, in Mulachi gewesen und hatte von Planungen gehört, in Oberswanetien eine Autostraße zu bauen. Es seien gute Arbeitsbedingungen geschaffen worden. Kleidung werde ebenfalls bereitgestellt. Buba Iwane kam von Zwirmi zu uns, er wollte wissen, was wir davon hielten, dann wandte er sich mir zu und fragte: »Glaubst du, dass du beim Straßenbau mitarbeiten kannst?« Ich erwiderte, Erde und Geröll mit einer Schaufel wegzuschippen würde ich schon schaffen. Ich muss um die zehn Jahre alt gewesen sein, nicht älter. Na dann, mach dich fertig, morgen ziehen wir auf jeden Fall los, sagte Buba Iwane. Ich machte mich fertig, und am nächsten Tag zogen wir zu sechst los.

Wir machten uns zu Fuß auf den Weg, zu meinem Leidwesen fingen meine Schnürschuhe bald an zu reiben. Der Weg war nur für Fußgänger passierbar, mit Steinen und Geröll, mit Gebüsch und Dornensträuchern. Wir gingen nach Westen, und nach zwei Tagen erreichten wir Disi. Die ganze Führungsriege war hier, unter ihnen auch Egnate Gabliani. Buba Iwane begrüßte alle und sagte, er habe eine Brigade aus sechs Mann mitgebracht. Egnate begrüßte jeden Einzelnen, schüttelte uns die Hand und zollte uns Anerkennung für unser Vorhaben. Dann sagte er, wir sollten heute in Disi bleiben und morgen nach Chuberi mitkommen, dort würden wir für die Arbeit eingesetzt. Heute müsse er hierbleiben, er habe Leute aus Gori hergebracht, er müsse sie am Salischi-Felsen mit der Arbeit beginnen lassen, und dafür würden sie gerade die Vorbereitungen treffen. Die Großen blieben hier, und wir, die jünger waren, folgten den Goriern, wir wollten sehen, was sie taten.

Wir gingen hin und sahen die Gorier einen Korb flechten. Wir wunderten uns: Wieso denn einen Korb, wofür brauchte man den hier? Ein junger Mann stieg in den Korb, maß ihn aus und meinte, er sei noch nicht hoch genug, er müsse höher gemacht werden. Wir fragten uns, wozu so ein hoher Korb zu gebrauchen sei. Als sie endlich mit dem Korbflechten fertig waren, sagte Egnate, sie würden jetzt losgehen und vor Ort weiterarbeiten. Manche nahmen ein Seil, andere Eisenstangen, Brecheisen, Bohrer, einige Hämmer, Dynamit, Knete, Hülsen und Zündschnur.

Ich bat Buba Iwane, er solle mich mitgehen lassen, es würde mich interessieren. Buba war einverstanden, heute hätte ich noch Zeit, ich solle aber am Abend pünktlich wiederkommen. Die Jüngeren gingen alle mit.

Es war ein steiler Anstieg. Wir mussten bis auf die Spitze des Felsens klettern. Und wenn es keinen Weg oder Pfad gibt, ist der Abstieg so-

gar noch beschwerlicher. Das war uns klar, aber uns interessierte ja, was sie auf der Felsspitze vorhatten und warum sie so viel Werkzeug und anderes Material mitnahmen.
Wir schafften es bis zur Felsspitze und sahen, dass sich die Gorier schon an die Arbeit gemacht hatten. Sie hatten zwei Löcher gebohrt. In diese Löcher steckten sie nun zwei Metallstangen. Sie versenkten sie so tief, dass von oben nur noch ein Drittel zu sehen war. An den Stangen machten sie die Seile fest, mit denen sie unseren mitgebrachten Korb festbanden. Der Mann, der unten bereits den Korb bestiegen und kontrolliert hatte, schlüpfte auch jetzt wieder hinein. Er bekreuzigte sich und sagte, Gott möge ihm helfen. Der Korb, in den noch ein zweiter Mann gestiegen war, wurde ganz langsam zum Rand des Felsens geschleppt und vorsichtig hinabgelassen. Die Seile spannten sich. Mich überliefen kalte Schauer vor Angst. Der eine Mann im Korb hatte einen Hammer in die Hand gedrückt bekommen, der andere einen Bohrer, Dynamit, Hülsen und Zündschnur. Sie schickten sich an, den Felsen zu sprengen. Der mit dem Hammer berührte leicht den Felsen, und als der Korb sich neigte, holte er mit dem Hammer aus und schlug auf den Bohrer. Der Zweite hielt den Bohrer fest, drehte ihn nach jedem Schlag und vergrößerte so das Loch. Als sie das Loch im Felsen für groß genug befanden,

um das Dynamit hineinzustecken, wurde von oben das Seil am Korb gespannt, er lehnte unbeweglich am Felsen, und der Mann, der als Erster eingestiegen war, kletterte flink heraus und wurde hochgezogen. Die Obengebliebenen umringten und herzten den Mann. Nun stopfte derjenige, der unten geblieben war, das Dynamit in das Loch, steckte die Hülse mit der Zündschnur hinein und ließ sich hochziehen. Die Zündschnur war relativ lang. Der Mann lehnte sich über den Felsrand und zündete sie an. Die Leute traten zurück. Es verging eine ganze Weile, und dann war ein Knall zu hören. Das Dynamit hatte gute Arbeit geleistet. Aus dem Fels war so viel herausgesprengt worden, dass zwei Männer schon frei dort arbeiten konnten.
Egnate schickte die Jungs zu den Einwohnern in der Nähe; er gab ihnen Geld und trug ihnen auf, etwas zu trinken zu besorgen. Es war auch ein Mann namens Islam dabei, der in einem nahen Dorf wohnte. Er ging zu sich nach Hause und holte Essen und Trinken. Die Männer machten sich sogleich über Brot und Araqi her.
Als sie mit der Mahlzeit fertig waren, sagten die tüchtigen Männer, die Gorier, dass sie am Salischi-Felsen in einem Monat fertig sein und die Autostraße dort anlegen würden.
Am nächsten Tag ging es für unsere Brigade Richtung Westen nach Chuberi. Dort war für uns ein Arbeitsplatz vorgesehen. Für uns und

die anderen Arbeiter gab es als Arbeitsgeräte nur Spitzhacke, Spaten, Hacke, Eisenschaufeln und Brecheisen. Die Älteren gruben die Erde ab und zertrümmerten den Felsen mit der Spitzhacke, und wir, die Kinder, schufen mit Eisenschaufeln und Hacken den nötigen Platz für Erde und Felsbrocken. Die ersten zwei Tage hatte ich zu kämpfen, ich arbeitete nicht gut, gewöhnte mich aber dann daran und ermüdete nicht mehr.
Der Einbruch der Dunkelheit war für mich kein Vergnügen. Wir hatten keinerlei Bettzeug. Wir brachen Äste vom Buchsbaum ab, die uns als Matratze dienten. Zum Zudecken gab es nichts. Wir lagen alle beisammen. Buba Iwane wollte, dass ich mich in die Mitte legte, weil ich der Jüngste war, aber ich konnte nicht, mir war das zu stickig. Ich legte mich an den Rand und fror deshalb sehr.
Zu essen hatten wir annähernd genug. Jeder bekam einen Laib Brot pro Tag. Dazu gab es Zuckerstücke. Das war unsere Mahlzeit – Mittagessen und Abendbrot. Warmes Essen wurde nirgends zubereitet. Selbst wenn jemand etwas hätte erwärmen wollen, hätten wir weder Topf noch Schüssel oder Löffel gehabt. Ein Einzelner hätte ohnehin nicht gewagt, sich eine warme Speise zuzubereiten. Die Brigade hätte das nicht erlaubt, alle mussten arbeiten, alle mussten die Straße bauen. Den Lohn bekamen wir täglich ausgezahlt; wenn wir arbeiteten, arbeiteten wir alle gemeinsam, und wenn wir uns ausruhten, mussten wir ebenso alle gemeinsam ausruhen.
In jenem Jahr leistete ich gute Arbeit und hatte nach zwei Monaten so viel Geld zusammen, dass ich mir neue Armeehosen kaufen konnte, und ich bekam auch zwei russische Decken. Für die Familie besorgte ich Geschenke.
Als ich das zweite Mal mitarbeitete, traf ich immer noch Leute meiner ehemaligen Brigade an. Die Straße zwischen Dschwari und Mestia war schon fast fertig. Unsere Brigade arbeitete bereits in der Chaischi-Schlucht. Die Bedingungen waren besser als früher. Wir beschlossen, oberhalb der fertiggestellten Straßenseite ein Zelt aufzustellen. Es war eine schöne, ebene Stelle, an der sogar Kiefern standen. An zwei von ihnen nagelten wir das Zeltdach fest. Die Mitte des

Daches ließen wir frei, damit Rauch und Funken abziehen konnten. Ansonsten war es verschlossen, teils mit Schindeln, teils mit Ästen und Heu. Wir legten uns auf Bretter. Darunter hatten wir trockene Blätter und mit der Hand ausgerissenes Gras gebreitet. Jeder von uns hatte eine Decke. Da wir viele Leute im Zelt waren, wurde es darin nachts nicht kalt, allerdings mussten wir tagsüber oft im strömenden Regen arbeiten und ließen die nasse Kleidung am Körper trocknen. Vor dem Einschlafen befiel uns dann die Kälte, wir schliefen, wie wir waren, aber morgens wachten wir mit immer noch nasser Kleidung auf. Wenn wir anfingen zu arbeiten, trocknete die Kleidung und uns wurde wieder warm.

Am Ende wurden neue Brigaden zu uns gebracht. Unsere Dorfgenossen, die Zwirmelier, schlossen sich uns an. Unter den Neuankömmlingen waren unsere Verwandten, die Brüder Iese und Iwane Pangani. Wir freuten uns sehr über ihre Ankunft. Iese war ein sehr netter Kerl. Ein fleißiger, ehrlicher Arbeiter, gut gelaunt, schlagfertig und immer zu Scherzen aufgelegt. Jeder wollte gern mit ihm zusammenarbeiten.

Einmal hatten wir sehr regnerisches Wetter. Es regnete unaufhörlich, eine ganze Woche lang. Trotzdem arbeiteten wir tagsüber weiter, die Nacht machte uns jedoch zu schaffen. Der Regen kam auch vom Dach herunter, und das Feuer brannte schlecht. Das Feuerholz, das wir im Wald sammelten, war so nass, als hätte es im Fluss gelegen. Es ließ sich schlecht anzünden. Schon kroch die Kälte ins Zelt, aber wir waren müde und schliefen trotzdem ein.

Eines Nachts, wir schliefen schon, war plötzlich Ieses Stimme zu vernehmen: »Bei der Seele meines guten Schamerti, mir ist, als würde ich im Liegen irgendwohin laufen.« Einer aus Lendscheri rief: »Iese, deine Späße kannst du tagsüber machen, aber nachts lass uns schlafen.« »Bei der Seele meines berühmten Vorfahren Puta, ich könnte schwören, wir rutschen.« Kaum hatte Iese diese Worte ausgesprochen, bebte die Erde, das Zeltdach stürzte ein, einige Leute wurden von Schindeln und schwankenden Bäumen getroffen. Das Feuer erlosch, und wir alle fanden uns draußen, unter freiem Himmel wieder. Es regnete unaufhörlich. Die Stelle lag auf der Westseite völlig offen, der Berg bot nirgends Schutz, und der Wind blies uns durch Mark und Bein. Zu meinem Glück hatte ich gespürt, wie die Erde ins Rutschen kam und das Bett auseinanderbrach, und es war mir gelungen, die Decke zu raffen, die Schuhe und der swanische Hut gingen mir jedoch verloren. Meine restliche Kleidung hatte ich im Bett übereinandergetragen, deshalb kam mir wenig abhanden, nur war ich barfuß.

Ich wickelte mich in die Decke und zog sie mir über den Kopf, aber der Regen durchweichte sie innerhalb kürzester Zeit, und ich war noch schlimmer dran als zuvor. Die Baumwolldecke saugte sich mit Regenwasser voll und wurde so schwer, dass ich mich herauswand, sie auswrang und mich wieder einwickelte. So machte ich es die ganze Nacht lang. Ich befreite mich von der Decke, wrang sie aus und wickelte mich wieder hinein. Von einer Erkältung blieb ich verschont.

Es dämmerte, und wir sahen, dass es die ebene Stelle, wo unser Zelt gestanden hatte, schon nicht mehr gab. Unten querte die Straße, der Regen konnte mühelos die frisch aufgebrochene Erde aufweichen und den nassen Boden wegspülen. Der Felsen, der die Senke umgeben hatte, war nicht mehr da. Ein Teil war mit Dynamit weggesprengt worden, den anderen hatten wir mit Spitzhacken und Brecheisen zerstört. Wie sollten wir Arbeiter denn wissen, was das für Folgen haben konnte? Das hätten vielleicht die Ingenieure beachten müssen, aber die Straße war damals so schnell gebaut, die Straßenbauer so zur Eile getrieben worden, dass es wohl schwierig gewesen war, alles im Voraus zu planen. Unter uns, in etwa dreihundert Metern Entfernung, strömte der Fluss Enguri. Wegen des unaufhörlichen Regens war er so angeschwollen, dass er Felsblöcke mitführte, dann und wann konnte man meinen, es krachten Gewehrschüsse, so sehr schlug

er sie gegeneinander. Er war ganz schwarz. Man hätte denken können, nicht Wasser, sondern Schlamm ströme im Flussbett. Es war unser Glück gewesen, dass die neu gebaute Straße breit genug war; sie hatte sich nicht ganz mit Erde gefüllt, sondern ein Hügel war aufgeschüttet worden, der die restliche Erde aufhielt. Wenn der Druck von oben stärker gewesen wäre, hätten wir uns alle im Enguri wiedergefunden und wären, wie es in Swanetien heißt, mit Haut und Haar verschwunden.

Am nächsten Tag kam dann die Führungsriege. Einige beglückwünschten uns, dass wir überlebt hatten und unversehrt geblieben waren, andere schwiegen. Einer sagte uns, wer seine Schuhe verloren habe, solle sich auf die linke Straßenseite stellen, er müsse uns durchzählen. Viele von uns gingen hinüber. Manche hielten einen einzelnen Schlappen in der Hand, andere waren ganz barfuß. Morgen wird es wahrscheinlich noch nichts, aber übermorgen bringen wir euch Schuhe, sagte er. Als die Führungsriege fort war, bedauerten einige, ihre Schuhe nicht versteckt zu haben, um neue zu bekommen, es war ja alles besser als diese swanischen Schlappen oder Schnürschuhe! Tatsächlich tauchten am dritten Tag drei Männer zu Pferd bei uns auf, zwei Swanen und ein dritter, keine Ahnung, woher sie kamen. Der eine war klein und dunkelhäutig. Er hatte sehr dickes, schwarzes Haar. Außerdem war er unrasiert, das einzige Weiße an ihm war seine niedrige Stirn. Am Pferd hingen zwei Säcke, mit irgendetwas beladen. Die Männer banden die Säcke los, der Unbekannte öffnete sie, und wir sahen, es waren eigenartig geformte Schuhe darin. Die Unterseite war aus dickem Gummi, auf das grob mit dicken, geflochtenen Fäden ein Reifenstück genäht war. Man ließ uns in einer Reihe antreten. Dann ging jeder einzeln zu dem Mann. Der schaute sich unsere

Füße an, wahrscheinlich nahm er mit den Augen Maß, begann dann im Sack zu kramen und reichte uns die Schuhe. Meine hatten ziemlich komische Sohlen. Wenn man hineinschaute, sah man die schöne rote Färbung innen. Bloß rutschte mein Fuß darin hin und her, sie hatten eine eigenartige Form: Beim Laufen lagen Ferse und Zehen nicht auf, die Schuhe waren vorn und hinten hochgebogen. Das machte müde Beine, aber ich gewöhnte mich bald daran und stellte fest, dass sie viel besser waren als swanische Schnürschuhe, da Steine und Geröll unter den Füßen nicht mehr zu spüren waren. Bei heißem Wetter wurden sie auch nicht so trocken und spröde wie die aus unverarbeitetem, rohem Leder genähten swanischen Schnürschuhe, selbst im Regen blieben sie in Form. Das einzig Schlechte war, dass ich beim Anstieg den Fuß nicht richtig aufsetzen konnte. Offensichtlich waren es Abschnitte von abgenutzten Autoreifen.

Die Schuhe erwiesen sich als unverwüstlich. Sie waren nicht kaputt zu kriegen. Bis heute liegen sie in einem Karton. Nur zieht sie keiner mehr an. Ich bewahre sie auf, zur Erinnerung an meine Jugend. Kein Wunder, dass die Sohle nicht kaputtgegangen war – sie war aus Vollgummi, nur dicke, weiße Fäden waren auf der gesamten Oberfläche zum Vorschein gekommen, das aufgenähte Material war auch noch intakt, nur die Farbe des Gummis hatte sich verändert, von grau zu schwarz.

Die Familienmitglieder, besonders die jungen, lachen über mich und meine »Gummidinger«. Wenn es in den nächstgelegenen Dörfern einen betagten Menschen gibt, wird er mit meinen »Gummidingern« verglichen: »Unverwüstlich wie Omindes Gummidinger«, heißt es.

Siebenmal kehrte ich zu den Bauarbeiten an der Straße Mestia–Sugdidi zurück. Ich arbeitete fast überall: in Chuberi, Bartschaschi, Totani, Noodaschi, Lihani, Ezeri, Latali und Lentscheri. Die Leute, die beim Straßenbau dabei waren, haben viel Kälte, Hunger und Entbehrungen ertragen – auch ich. Davon zu erzählen ist leicht, dabei mussten wir während des Baus solchen Schwierigkeiten und Widrigkeiten trotzen, dass es einem selbst beim guten Erzählen wie ein Märchen vorkommt.

*

Mein Großvater starb mit einem Lied auf den Lippen. Wirklich. Er sang, und als er verstummte, war er nicht mehr. Gern möchte ich genauso gehen, mit einem Lied, aber ich kann nicht singen wie mein Großvater, und deshalb wird wahrscheinlich nichts draus.
Mein Großvater ist nicht mehr, aber die Straße gibt es noch. Und jedes Mal, wenn ich nach Swanetien fahre, sage ich: »Diese Straße hat mein Großvater gebaut.« Ich denke, die Straße haben sie hervorragend hinbekommen, mein Großvater und alle aus Lendscheri, Latali, Mestia, Mulachi und die anderen aus den Dörfern oberhalb von Ughwili. Unsere Leute. Generell, die Menschen.

Übersetzung aus dem Georgischen von Sybilla Heinze

Anna Kordsaia-Samadaschwili, 1968 geboren, hat Wurzeln in Swanetien und studierte russische Literatur und Philologie. Sie lebt und arbeitet als Autorin, Übersetzerin (u. a. Cornelia Funke, Elfriede Jelinek, Erich Maria Remarque, Rüdiger Safranski, Ingeborg Bachmann) und Kulturjournalistin in Tbilissi. Außerdem lehrt sie an der Ilia State University in Tbilissi Literatur und Kreatives Schreiben.
Preise: 2013 Preis der Ilia State University für den besten georgischen Roman; 2008 SABA-Preis für die beste Übersetzung; 2003 SABA-Preis für das beste Debüt
Werke: »Win mokla Tschaika«, Roman, Bakur Sulakauri 2013 / Deutsche Übersetzung von Sybilla Heinze: »Wer hat die Tschaika getötet?«, Schiler Verlag 2016; »Me, Margarita«, Bakur Sulakauri 2005 / Deutsche Übersetzung von Sybilla Heinze: »Ich, Margarita«, Schiler Verlag 2013; »Schuschanikis schwilebi«, Bakur Sulakauri 2011; ›Das historische Gedächtnis‹, Erzählung in: »Techno der Jaguare – Neue Erzählerinnen aus Georgien«, Frankfurter Verlagsanstalt 2013

Kasbek
КАЗБЕК

Ober-
Swanetien
Kachetien
Tiflis
chetien
ყაზბეგი

Chinkali

UNTER ZERRISSENEN WOLKEN

KATJA PETROWSKAJA

Ich würde lieber ein georgisches Lied singen, *Du, meine Weinrebe,* als einen Text über Georgien zu schreiben, ich würde lieber Freunde am Tisch versammeln und Lieder singen, *Eilt Aragwi in die Ferne*, viele Lieder, vierstimmig, nein, siebenstimmig, *Hänge der Berge, Felsen und Täler*, oder endlose Toasts ausbringen, und auch diesen Toast, meine Freunde, *Genazwalet*, auf das Leben, auf den Wein und die Freundschaft, auf unser Land, ja, eine Schwärmerei, aber gerade das möchte man, wenn man an Georgien denkt, wenn man in Georgien ist – alle Träume an einem Tisch versammeln. Ist das Glück oder trinkt man schon? Nicht umsonst machten sich die Argonauten hierhin auf den Weg, auf der Suche nach dem Goldenen Vlies. Es gab zwar Gold hier, aber es gibt nichts Besseres als Wein und Brot, *Genazwalet.* Ich würde so gerne an diesem Tisch in einen antiken Wahn verfallen, ein Symposion veranstalten, überflüssige Sätze über die Schönheit des Landes und ihre Frauen hören und zurückgeben können, ja, zurückgeben. Ich sehe einen langen Tisch mit einer weißen Tischdecke, mit Pchali, Chinkali, Chatschapuri, Saziwi, Lobio, mit grünem Koriander und Estragon und rotem Wein aus Tonbechern. Freunde! So oft dachte ich, dass meine Seele sich irgendwann in einen dieser Männer verwandeln wird, fest in einen engen schwarzen Mantel gehüllt, da die Seele eine Form haben muss, fest geschnürt, besonders für das

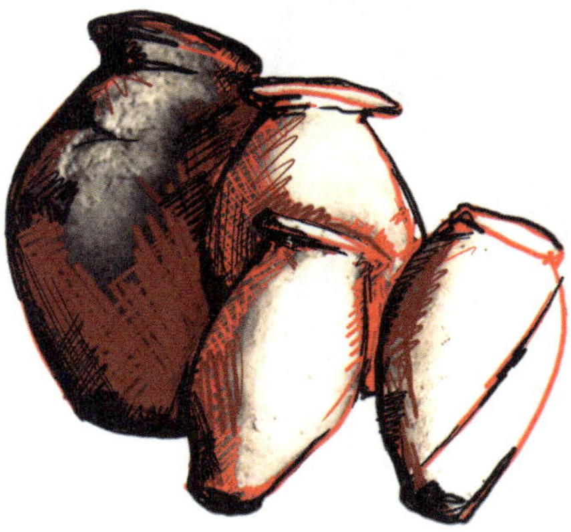

Trinken, ich werde ewig verweilen, als einer dieser Männer auf einem Bild von Niko Pirosmani, sitzend und trinkend, als ein Mann in diesem Bild verewigt, zusammen mit den anderen Männern am Tisch, unter einem Baum oder in einer Schenke. Der Wein ist da, die Wärme ist vorbei – auf den Herbst unserer Tage! Und was ich noch sagen möchte: diese Margarita! Ich werde sie niemals vergessen, ich habe damals am Tisch und jetzt wieder von ihr geträumt, von der Schauspielerin Margarita mit den Blumen. Und wenn ich einmal ins Paradies komme, werde ich wieder auf sie trinken! Auf Margarita und ihre Blumen!

Eigentlich haben wir schon am ersten Abend getrunken, noch in Tbilissi, und auch getanzt, weil auch der Wirt und die Köchin des Restaurants tanzten, und drei junge Männer sangen und spielten Dudelsack, Panduri und Trommel. So war es ganz natürlich, dass wir zu viel tranken, und seit diesem ersten Abend schien mir meine Reise den zerrissenen Wolken ähnlich – besonders jetzt, in der Erinnerung –, fragmentarisch, schwebend, unverbunden. Nie zuvor wollte ich so wenig schreiben wie in Georgien. Auch nur Notizen zu machen schien mir ein Verbrechen am Lebensgefühl zu sein, das sich hier ausbreitete. Ich wollte leben, essen und schauen.

Die georgische Welt aber besteht aus Poesie und lebt in den Gedichten von Nikolos Barataschwili, Galaktion Tabidse und Ilia Tschawtschawadse. Und wie haben wir gelacht, als wir am Haus von Lew Tolstoi nicht nur eine Gedenktafel für den strengen Grafen entdeckten, sondern auch ein Geschäft für Hochzeitsmode – eine Spätfolge seines Schreibens?

Vielleicht fing es damit an, dass mir unser Fahrer, Giwi, der uns von Tbilissi ins Kasbek-Gebirge bringen sollte, schon in der ersten Kurve sagte: »Ich bin eigentlich gar kein Fahrer!« Giwi wiederholte diesen Satz immer dann, wenn wir die gefährlichsten Straßen fuhren. Er sah aus wie der Pate oder zumindest wie ein großer Fabrikdirektor. In Wirklichkeit aber hat er sein ganzes Leben als Ingenieur in einer Weinkellerei gearbeitet, in Südossetien – und wir wussten, was das bedeutet.

Weil wir zu dritt waren, hat er immer zuerst auf Russisch erzählt, ganz langsam, und danach sehr schnell auf Georgisch. Wie witzig aber Giwis georgischer Akzent war, kann man nur verstehen, wenn man all diese vielen leicht betrunkenen georgischen Filme kennt, mit ihrem unvergesslichen Humor und ihrer Lebenslust, die wir in sowjetischen Zeiten gesehen haben. Wir zitierten aus dem Film »Die Weinernte« von Otar Iosseliani, der von einem jungen Weinbau-Ingenieur in Tbilissi handelt, und davon, wie in der Kellerei Gelatine in den Wein geschüttet wird, und wie dann eine Gruppe von Männern aus einer Schenke flieht, als sie erfahren, dass der Wein aus ihrer Fabrik kommt. Und natürlich gibt es da boshafte junge Frauen, die die naiven Männer um ihren Finger wickeln. »So sind die Frauen wirklich hier«, sagt Giwi bitter lächelnd, »seit den Zeiten von Königin Tamar.«

Als ich klein war und in die Schule in Kiew ging, lag Georgien weit entfernt im Süden. Aber auch in Gedichten, Filmen und Liedern gab es dieses Land. Einmal fuhren wir mit meinem Kinderchor für ein Konzert nach Tbilissi, natürlich mit dem Zug, ich glaube, es waren sechsunddreißig Stunden Fahrt. Ein merkwürdiger Kulturexport, da hier ja selbst alle sangen. Anfang November war es noch warm und sonnig, doch als wir nach Kiew zurückkamen, lag dort Schnee.

Am Anfang lebten dort märchenhafte Helden – der Adler, der über der Schlucht seine Beute aufspürte und hoch droben schwebte, man sah ihn nur als einen kleinen Punkt im Himmel. Dort gab es schnelle Ströme, die mit einem Rauschen von den Bergen in die Tiefe stürzten. Die Berge verschwanden in den Wolken. Ein Schneeleopard (auf Russisch einfach »Bars«) schlich auf weichen Pfoten, direkt in ein russisches Poem hinein. Später sind Menschen dazugekommen, der ewige Recke im Tigerfell, und auch das Mädchen, hinabsteigend, geschmeidig wie ein Weidenhalm, mit einem Krug auf dem Kopf, mit einem Arm an dem Krug, so dass sie selbst wie ein Krug aussah (und solche Schönheiten gibt es immer noch), und ich erinnere mich, wie ein Dschigit durch das Tal raste. Sogar die georgischen Namen klangen wie in Italien, vielleicht war es auch Italien: Rustaweli, Botticelli, Pirosmani.

Mein älterer Bruder sang ein Lied über die blaue Farbe, über das Blaue, den Anfang aller Anfänge, diese Farbe habe ich erträumt, genauso wie der Autor, der die Farbe von Kindheit an liebte, nein, nicht Giotto, das Gedicht ist von Nikolos Barataschwili. 1941 hat Boris Pasternak es ins Russische übersetzt, es wurde von zwei Moskauer Sängern vertont. Irgendwann erkannte ich dieses Blau wieder, auf dem Pirosmani-Bild mit der Schauspielerin Margarita, und später in alten georgischen Ikonen.

Ich wusste damals noch nicht, dass Georgien für uns alle romantischen Klischees aufgesogen hat und die Rolle »unseres Italiens« gespielt hat, für die ganze Sowjetunion. Georgien ist zu einem Sinnbild für Romantik und Exotik geworden, für Ferne und Schönheit, und ich ahnte damals nicht, dass solche Dinge später als »koloniales Denken« betrachtet werden würden und dass man dagegen alles tun muss und dass ich auch diese Kinderliebe zu diesem Land revidieren muss.

Irgendwann war die Kindheit vorbei und diese romantische Truppe aus Tieren und Menschen wurde durch die Resolutheit der Worte »große georgische Militärstraße«, oder auf Deutsch viel milder »Heerstraße«, ersetzt: *Bolschaja wojennaja gruzinskaja doroga* oder *Большая военная грузинская дорога*, in diesen Worten gab es einen Rhythmus, irgendeinen dichterischen Sinn, das Geheimnis einer Prosodie (- ´-- ´---´---´-). Eines Tages, im Jahr 1826, schloss sich ein russischer Dichter einem militärischen Feldzug an. Es gab viele Gründe, warum er das tat – er wollte den Krieg erleben, er wollte das Ausland sehen, er suchte nach einem neuen Stoff. Russland lag gerade im Krieg mit der Türkei, in einem von vielen, im Drang nach Süden, und so zog die russische Armee durch Georgien und Armenien diese einzige Straße entlang, die später zahlreiche literarische Sujets bereicherte. Der Dichter war kein gehorsamer Diener des Zaren und im Unterschied zu einigen seiner Freunde war es ihm verboten, ins Ausland zu reisen. Der Krieg gab ihm die Chance. So fiel für ihn das romantische Streben nach der Überschreitung der Grenze zum anderen Ufer mit militärischer Eroberung zusammen. »Die Grenze hatte für mich etwas Geheimnisvolles; von Kind an waren Reisen mein Lieblingstraum (...) doch noch nie war ich über die Grenzen des unermesslichen Russlands hinausgekommen. Heiter ritt ich hinein

in den gelobten Fluss, und mein braves Ross trug mich ans türkische Ufer. Doch dieses Ufer war bereits erobert: Ich befand mich noch immer in Russland.«

Es gibt keine bessere Erklärung für das Wesen eines Imperiums: Das Imperium läuft voran, ist immer schon vor einem da, erobert Länder und formt den Blick, du wolltest ins Freie schauen, aber auch dort ist das Imperium, schon wieder. Es ist unendlich und unersättlich, omnipotent und omnipräsent. Dabei konnte sich Alexander Puschkin auf der »Reise nach Erserum« (1826) von seinen romantischen Erwartungen befreien – der Traum »vom anderen Ufer« war nicht zu realisieren.

Wir fuhren aus Tbilissi heraus, Giwi, Abo und ich. Abo Iaschaghaschwili, der unter dem Pseudonym spannende historische Romane über das Tbilissi des 19. Jahrhunderts schreibt, erzählte von der Heerstraße. Sein Russisch war erstaunlich, obwohl er erst zehn Jahre alt war, als die Sowjetunion zerfiel. Er erzählte von den Karawanen, die von Osten nach Westen zogen, von Strabon, der über diesen Weg schon im ersten Jahrhundert vor Christus schrieb, und auch von den Römern, die genau diesen Weg gegangen sind, durch die Darialschlucht, über die heutige Grenze mit Russland, eine unzugängliche natürliche Grenze, seit zwei Jahrtausenden schon. Giwi hat immer etwas auf Georgisch ergänzt, Geschichtsgefühl lag in seinem Blut, dann übersetzten sie mir die Chroniken der Ottomanischen und Persischen Kriege ins Russische, Tiflis wurde neunundzwanzigmal zerstört – sagte Abo. Es gab den Mönch Sabba, der die Venezianer um Hilfe anrief, und es ergab sich eine ständige Suche Georgiens nach Schutz vor den Persern und Ottomanen, die regelmäßig das Land plünderten. König Erekle II., der um Hilfe bat und sogar in Lessings »Minna von Barnhelm« erwähnt wird, begab sich in die Hände des

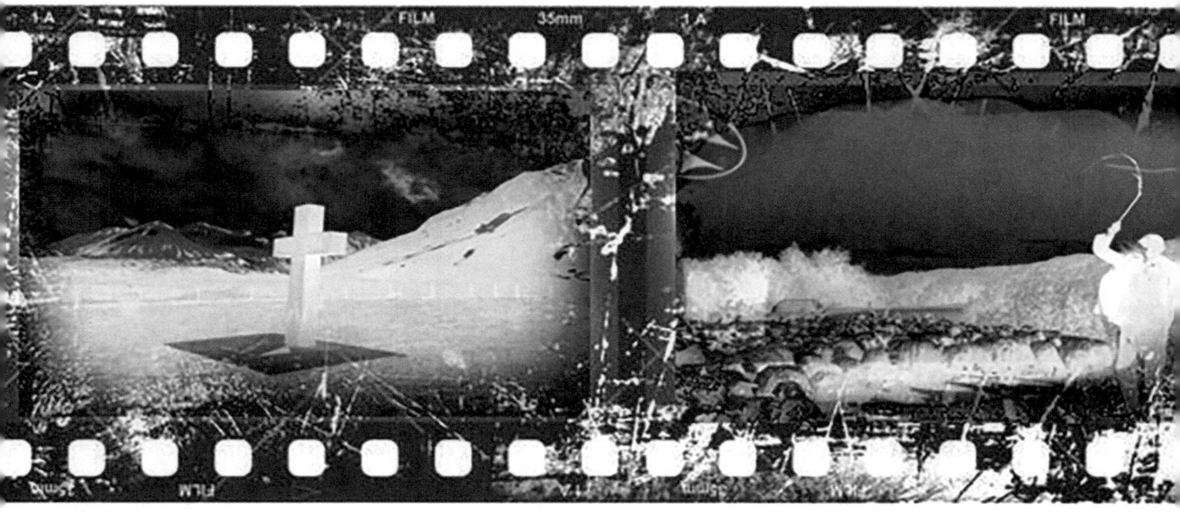

christlichen Russlands. Aber statt Schutz zu bekommen, verlor das Land allmählich seine Freiheit und wurde zum Teil des russischen Imperiums.

Als ich nun nach vielen Jahren wieder in Georgien war, dachte ich oft daran, ob es für einen Menschen, der in der Sowjetunion und in der russischen Sprache aufgewachsen ist, möglich ist, auf Georgien mit einem freien Blick zu schauen, fern von imperialen Ansprüchen, ro-

mantischen Einstellungen, aber auch von sentimentalem Mitgefühl oder Scham. Oder reitet mein »russischer Blick« immer vor mir her, wie ein Schatten des Feindes?
Die Fahrt hinterließ viele Bilder – ein kleines Mädchen malt mit der linken Hand persische Arabesken der Ananuri-Festung, und der Klassenlehrer erklärt seinen Kindern die Struktur der Zarenpforte. Eine Aussicht von Ananuri auf den Aragwi-Stausee. Im Aragwi-Tal geht ein kleiner Junge mit seinem Vater über riesige Felder, ein Oldtimer-Museum am Rande der Straße, verlassene ossetische Dörfer und Friedhöfe, Obelisken und Wachtürme, eine Marslandschaft im Truso-Tal, Mönche, die Kartoffeln pflanzen, polnische Touristen in Discokleidung, die politische Reden halten, Schafe auf der Fahrbahn, ein Bildhauer, der unter freien Himmel, von Bergen umkreist, riesige Köpfe der georgischen Dichter schnitzt. Das Zusammenspiel von Bergen und Wiesen, alten Kirchen und einem endlosen Himmel, und überall diese weißen Pferde, hat mich jeden Abend dazu gebracht, nach Tschatscha oder Wein zu greifen, um diese Schönheit besser auszuhalten und zu verinnerlichen.
Wir fuhren an einem Ort namens Mleta vorbei, nicht weit von der ehemaligen Festung Georgiewsk, wo 1783 das Abkommen unterzeichnet wurde, durch das sich ein Teil Georgiens unter den Schutz Russlands stellte. Es war der Beginn der Einverleibung Georgiens in das russische Imperium. Heute, am siebten Sonntag nach Ostern, fand hier das Lomisoba-Fest statt, zu Ehren des heiligen Georgs. Zwanzig Kilometer Stau und keine Möglichkeit zum Parken. Von ferne sahen wir den Lomisi-Berg und eine Menschenmenge, die wie Ameisen nach oben lief, den ganzen Berg hinauf, bis zur Georgskirche. Entlang der Straße saßen die Menschen in offenen Zelten, an langen Tischen, und aßen. Viele waren schon betrunken, obwohl erst Mittag war, und überall gab es Schafe, die zum Opfern hierhin geführt wurden. Jede Familie, jeder Mann zog hinter sich ein Schaf her. Der Blick, der sich uns plötzlich öffnete, war schockierend: Der ganze Hügel war übergegossen mit Blut. Solch eine glatte intensive rote Farbe, entstanden in der Natur, hatte ich niemals zuvor gesehen. Tote Schafe,

ganz oder zerlegt, lagen überall herum, auf Lastwagen, in Haufen am Wegesrand, waren auf einen »Galgen« gehängt und mit Seilen befestigt worden. In einiger Entfernung standen Menschen, ausschließlich Männer, mit Schafen, die auf ihr Los warteten. Ich griff zur Kamera, als würde Fotografieren mich vor Atemlosigkeit schützen, und machte ein paar Bilder, aber sofort kam ein junger Mann auf mich zu und schrie etwas auf Georgisch. Auch vor der Kirche haben wir in einer langen Schlange gestanden, sie war überfüllt, aber dort war es friedlich, feierlich und still. Frisch gemalte Fresken. Ich durfte sogar fotografieren und dachte an die Nachbarschaft der Bilder in meiner Kamera. Das Blut der Tiere, das Abkommen mit Russland und der Tag des heiligen Georgs. Noch lange danach hatte ich einen eisernen Geschmack im Mund.

In Gudauri gibt es viele Hotels, wie Bergpilze, überall, es ist ein berühmter Skiort, hier stehen alte sowjetische Hotels neben neuen europäischen Komplexen und Villen im Bauhaus-Stil. Am Kreuzpass auf der Höhe von 2375 Metern öffnet sich der Blick in alle Himmelsrichtungen. Hier befindet sich eine Aussichtsplattform, die zum 200. Jahrestag des Georgiewsker Abkommens gebaut wurde, ein sowjetischer Mosaikbau, der heute fast byzantinisch wirkt. Wie die Teufelsschlucht und die Berge sich aufeinander reimen, ist überwältigend. Neben einem Granitkreuz des russischen Gouverneurs der

»Bergvölker« stießen wir auf der höchsten Stelle des Passes zu unserer Überraschung auf einen deutschen Soldatenfriedhof. Erst hinter dem Pass zeigen sich die hohen Berge in ihrer vollen Pracht, die Natur wird wilder und brutaler, Lawinen und Steinschlag drohen. Parallel zur Straße verlaufen lange, fast komplett betonierte Tunnel, von deutschen Kriegsgefangenen erbaut. Direkt hinter einem der Tunnel ragt ein Berg auf, der von einer eisernen Mineralwasserquelle ganz orange gefärbt ist. Wir füllten unsere Flaschen und fuhren hoch zu einem kleinen Dorf, um den Weg Richtung Kasbek zu erblicken. Die Sonne vergoldete die Schneespitzen.
Vielleicht war es eines der ersten Gedichte über die Berge, das ich je gehört habe, es könnte sogar eines der ersten Gedichte überhaupt in meinem Leben gewesen sein, und solche bleiben einem dann für immer. Es war in der Schule Pflichtlektüre, Lermontow auswendig zu lernen. Das Gedicht stiftete einen Traum: Damals, als ich es auswendig lernte, hatte ich noch niemals Berge gesehen. Es waren die Zeilen über eine goldene Wolke, die auf der Brust eines riesigen Felsens übernachtete. Das Gedicht blieb irgendwo oben, in den Bergen, über dem Alltag der leicht hügeligen Landschaft meiner Heimat. Damals wusste ich nicht, dass das Gedicht ein typisches romantisches Werk ist, ein Meister- und Musterstück, und überhaupt geht es darin nicht wirklich um die Berge, sondern um Erotik. In den literarischen Strömungen der Romantik ist die Topografie nur ein Instrument, eine Kulisse, ein Dienstmädchen des Dichters, die immer nur seine Zustände spiegelt. Aber seit dieser Zeit erscheint bei mir beim ersten Gedanken an Berge eine Wolke mit goldenen Rändern und ein dunkler bedrohlicher Felsen, irgendwo im Kaukasus. Die romantische Palette der russischen Literatur schöpfte sich aus dem Kaukasus, der Exotik seiner Landschaft und Kultur. Das Kind geht auf den Wegen jener Poesie, die in seiner Muttersprache geschrieben wurde, und wird von diesen Gedichten gefangen, verfällt einer chronischen Kinderkrankheit.
Tagsüber machten wir lange nüchterne Wanderungen, durch die Dörfer, Kloster und Berge, abends kam unvermeidlich die Flasche

auf den Tisch und machte uns ungezügelt heiter, als wären wir wirklich eine schöne große Familie, etwas *lost in translation* und fürstlich bewirtet. Abo erzählte von Ilia Tschawtschawadse, von der georgischen Avantgarde und ihrem tragischen Schicksal. Von Aleksandre Qasbegi hat er den ganzen Roman nacherzählt, und die Sonne fiel früh hinter die Berge. Vielleicht deswegen sprachen wir bald über die wandernden, immer leicht betrunkenen chinesischen Dichter Li Bai und Du Fu aus dem achten Jahrhundert. Es fiel mir ein, dass auch der »Kaukasische Kreidekreis« von Bertolt Brecht auf einer chinesischen Geschichte basiert und so waren wir richtig mit unseren Assoziationen: »Die Wolken schwimmen zur Erholung nach dem heißen Tag / Der letzte Schwarm der ungestümen Vögel ist schon weggeflogen / Ich schaue auf die Berge, sie schauen auf mich / Wir schauen lange, es wird uns nicht langweilig.«
Teona Arabuli kennt die Gegend und die Menschen, sie studiert in Tbilissi, aber ihre ganze Familie wohnt hier. Sie sind Chewsuren und der Legende nach stammen diese von den Kreuzrittern ab, die sich nach ihren Niederlagen hier ansiedelten. »Sie sind alle Dichter«, sagte Giwi. Jeden Tag schreibt Teona in ihr Tagebuch. Sie schreibt keine Notizen von heute, sondern über ihre Kindheit, über ihr Dorf Dschuta in den Bergen, wo wir einen Tag verweilten, über die Feste, die jedes Mal bei einer anderen Familie gefeiert wurden, über die Großmutter, die ihr beigebracht hat, wie man Käse macht, über die langen Winter und darüber, wie sie als Kleinkind zu Weihnachten mit ihrem Vater drei, vier Stunden lang zu Fuß ins nächste Dorf laufen musste.
An den Wasserfällen von Gweleti zeigte Teona uns essbare Pflanzen, die ich bestimmt gegessen hätte, falls ich mich hier verlaufen hätte. Ich habe versucht, sie zu notieren und abzumalen: Chatoti, Weluri zizmati und Eklis Nari. Diese Gegend hat abenteuerliche und eigenwillige Menschen hervorgebracht und angezogen, auch Giwi ist von hier. Aleksandre Qasbegi, der berühmte georgische Schriftsteller, ist am Fuß des Berges geboren. Ein Exzentriker, über ihn erzählt man sich Geschichten, als wären sie erst vorgestern passiert, also, sagte

Abo, Qasbegi habe sich gerne wie ein Hirte gekleidet und einmal traf er zwei Franzosen, die gestikulierend »den armen Hirten« nach dem Weg fragten, und er antwortete zu deren größten Erstaunen im reinsten Französisch. So ist es hier in den Bergen. Und Giwi erzählte weiter, dass ein anderes Mal ein französischer Zigeuner mit einem Kamel gekommen sei und einige Zeit hier gelebt habe. Ich dachte, er erzählt aus der gleichen Zeit. »Aber nein«, sagte Giwi, »das war gerade, vor Kurzem.«

Im Dorf treffen wir einen winzigen alten Mann mit einem abenteuerlustigen Gesicht, und ich dachte, das ist der mit dem Kamel, es war aber Schaliko Kirikaschwili, genannt Schalwa – Schauspieler, Jäger und Bergsteiger. Er wohnt hier in einer Hütte mit seinem Hund. Plötzlich steht alles auf dem Tisch: Sulguni-Käse, Tomaten, Gurken und Brot, dazu kommt Tschatscha – und vier Gäste sind willkommen geheißen. Schalwa erzählt Geschichten vom Komsomol, von seiner Reise nach Kiew, von einem Parteisekretär aus dem Jahr 1974, alles nur für mich. Seine Sehnsucht, sich mit den Fremden zu verbrüdern, war so groß, dass ich gar nicht dazu kam, schmerzliche historische Nuancen zu erfragen. Über seine fünfunddreißig Filme, in denen er mitgespielt hat, sagte er kein Wort, aber dann zeigte er auf den Berg und sagte: »Schaut, dort sind Bergziegen unterwegs.« Wir sahen nichts. »Mein Großvater«, sagte Schalwa, »war übrigens der Erste in der Gegend, der den Gipfel des Kasbek erobert hat.«

Von Kindheit an hatten wir das Wort »Kasbek« in unseren Ohren: »unerreichbarer Kasbek«, »schneebedeckter Kasbek« und vor allem »Kasbek-Zigaretten«, denn diese Billigzigaretten waren in jedem Kiosk der riesigen Sowjetunion zu erwerben, mit der Silhouette des Reiters auf der Packung, der in vollem Galopp am Berg Kasbek vorbeifegt. Eigentlich sind sie untrennbar: der Berg und der Reiter. Niemals zuvor dachte ich an Puschkin, Prometheus und Zigaretten in Bezug auf einen konkreten Berg, aber der Legende nach hat Zeus gerade hier am Kasbek Prometheus an den Felsen gefesselt, am Rande der Welt, an einen ausgelöschten Vulkan. Nun denke ich insgeheim, dass die sowjetischen Zigaretten, der Reiter und der Rauch Komplizen des Feuers waren, von Prometheus entzündet.
Wir haben den Kasbek nicht bestiegen, man braucht zwei Tagen dafür und eine professionelle Ausrüstung. Abo ist auch ausgebildeter Bergführer und gab das Tempo vor. Mit jedem Schritt veränderte sich die Landschaft, und ich wusste nicht, wie mein Herz diese Schönheit im Superlativ ertragen würde. Mit jedem Schritt wurde es märchenhafter. Dann saßen wir lange auf den Steinen, blickten zurück zur Dreifaltigkeitskirche, Zminda Sameba, die auf dem Bergkamm wie ein kleines surreales Juwel aussah. Der Kuckuck von Kasbek versprach mir die Ewigkeit. Wir waren eine perfekte Gruppe, Abo sprach mit Teona Georgisch, Teona sprach mit mir Deutsch, ich sprach mit Abo Russisch, ein kaukasisches Dreieck. Nun aber saßen wir lange und schwiegen, in allen unseren Sprachen.
Puschkin hat diesen Berg und das Kloster zur Nachbarschaft Gottes erklärt: »Hoch über deiner Brüder Chor, / Kasbek, strebt stolz dein Zelt empor / Und strahlt, im ew'gen Eise flimmernd. / Weiß hinter Wolkenschleiern schimmernd, / Schwebt Noahs Arche gleich im Raum / Dein altes Kloster, sichtbar kaum.«
Die Darialschlucht und die russische Grenze waren ganz nah, wir wollten uns die Ruinen der Tamar-Festung auf der anderen Seite des Flusses Tergi, den ich als Terek aus den Gedichten kannte, anschauen. Aber die Straßen waren von der Flut und von Lawinen zerstört. Wir konnten nicht auf die andere Seite des Ufers gelangen. Wir konn-

ten nicht in die Tiefe der Darialschlucht schauen. Wir sprachen zu den Mönchen, die mit Arbeiten für den Bau einer riesigen pompösen Kirche direkt an der Grenze beschäftigt waren. Die Bolschewiken, die 1920 nach Georgien wollten, haben es nicht geschafft, hier durchzukommen, erzählte uns Giwi. Man hat hier seit Jahrhunderten gekämpft, unzählige Schlachten und Kriege zogen durch das Nadelöhr dieser Schlucht. »Ja, mein Großonkel war einer dieser Beschützer.«
Abends habe ich Wascha-Pschawela, einen der schönsten georgischen Dichter, auf Russisch gelesen, erstaunt von den Metaphern und kopfverdrehenden Vergleichen. »Gast und Gastgeber« ist ein Poem über einen Konflikt zwischen Blutrache und Gastfreundschaft, das die Stärke eines antiken Dramas hat und mit dem Tod aller Protagonisten endet. Nur eine Blume, Perimse, bleibt: »In den Abgrund blickt hinunter / Perimse auf schlankem Halme.« Am nächsten Tag fuhren wir zu seinem Geburtsort Tschargali, dort gibt es ein Pschawela-Museum.

Unser Wirt in Tschargali hieß Tristan, und ich wurde hier nicht nur dichterisch initiiert: Von Miriam, seiner Frau, lernte ich, wie man Chinkali zubereitet. Wir machten Berge davon, und danach sagte sie mir: »Und jetzt kannst du heiraten!« Tristan zeigte uns seine Scheune, seinen Käse und die Bienen. Am Abend kam eine resolute Frau aus der Dunkelheit, aus dem Wald, stark und eigen, die Enkeltochter von Wascha-Pschawela. Sie sprach ohne Pause, ich verstand nur das Wort »Repressionen«. Sie wechselte in geschliffenes Russisch, ihre Mutter sei aus Sibirien, sie spreche nur wegen mir auf Russisch, aber auch sonst würde sie ihre Geschichte immer weiter erzählen, denn alles Erzählte hören die Sterne. Ich fragte die Frau, wie die Blume Perimse aussieht, aber auch sie wusste es nicht. Und dann tranken wir noch ein Gläschen auf die unbekannten Blumen in den Bergen – und in der Poesie.

Katja Petrowskaja wurde 1970 in Kiew geboren, studierte Literaturwissenschaften in Tartu (Estland) und promovierte 1998 in Moskau. Seit 1999 lebt sie in Berlin. Sie ist Kolumnistin bei der *Frankfurter Allgemeinen Sonntagszeitung*. 2014 erschien ihr preisgekröntes Debüt »Vielleicht Esther« im Suhrkamp Verlag.

მოგზაურობა კავკასიონისაკენ და უკან

REISE ZUM KAUKASUS UND ZURÜCK

ABO IASCHAGHASCHWILI

»Der Weg über den Kaukasus führt durch ein Nadelöhr«, soll einst ein über diese Gegend schreibender Hellene gesagt haben.
Durch dieses Nadelöhr sind Kamele geschlüpft.
Dergestalt querten die Karawanen den Kaukasus.
Die Straße kommt in unzähligen Büchern vor – wer hat nicht alles über sie geschrieben!
Knut Hamsun ist auf diesem Weg nach Georgien gelangt und hat »Im Märchenland« geschrieben, ein äußerst treffendes Buch.
Dumas hingegen ist nicht hier durchgekommen, er hat das Nadelöhr umgangen, aber ihm ist mit »Voyage au Caucase« ein noch besseres Buch gelungen.

Über die Straße gelangte ein weiterer großer Schriftsteller nach Georgien – damals hatte er noch nicht zur Feder gegriffen, sondern spielte ausgiebig Karten, verlor Hab und Gut, schrieb in Tiflis seine erste Erzählung, und als die Zeit ins Land gegangen war, schuf er »Krieg und Frieden«.
Diesen Weg passierten große Dichter und nicht so namhafte Schriftsteller. Von Letzteren gab es ziemlich viele. Sie beschrieben die Gegend und machten ihre Aufzeichnungen. Müßig, sie aufzuzählen – sie waren nicht gerade Shakespeares oder Cervantes'.
Einer von ihnen verglich die Gegend just mit

Queen

La Mancha. Juan Van Halen y Sarti scheint einem pikaresken Roman entsprungen, ein Draufgänger und Militär, der in allen möglichen Heeren gedient hatte. Er schreibt über die Region: »Die Gegend, die Hänge sind genau wie in meiner Heimat, auch den Wein füllen sie hier in Lederschläuche und transportieren ihn so.«

Später stahl ihm sein schwarzer Diener Geldbörse und Truhe und machte sich damit nach Persien davon, wo er am Hof des Schahs untergekommen sein soll.

Van Halen hatte im Heer des russischen Generals Ermolow gedient. Als die Russen Georgien besetzten, ließ dieser die Straße verbreitern, damit er als Statthalter, sein Heer und die Kanonen leichter durchkamen. Russland war damals entschlossen, den Kaukasus zu erobern, und aus dieser Zeit ist der Straße der martialische Name »Georgische Heerstraße« geblieben.

Auf der Heerstraße ist auch Puschkin gereist und hat unterwegs »Die Reise nach Arzrum« geschrieben. In diesem Werk wird das Wesen des damaligen russischen Staats klar sichtbar, wie meine Reisegefährtin Katja Petrowskaja, Schriftstellerin aus Kiew, meint.

Puschkin legte einen Teil der Strecke zu Fuß zurück. Unterwegs begegnete er einem persischen Prinzen, der überfallen worden war, und Puschkin schrieb seine Geschichte nieder. Der Gebirgskrieg hatte sich damals allerdings noch nicht im ganzen kaukasischen Bergland ausgebreitet.

Über einen der Anführer der Aufständischen erzählte man sich, er sei gar kein hiesiger Bergler, sondern ein Mönch aus Italien gewesen, der bis hierher gelangt wäre und die Kriegsfahne gehisst hätte.

Immer mehr folgten danach seinem Beispiel.

Das klingt nach Märchen, und ich weiß nicht, was die Italiener davon halten – die Engländer jedenfalls hatten seit jeher ein Auge auf Kaukasien. Sie durchmaßen das Land, sondierten. Arthur Conolly, ein britischer Militär, der gleichfalls über diese Straße kam und unterwegs ein Buch schrieb, prägte den Begriff »The Great Game«, Das Große Spiel, das den Kampf zwischen Großbritannien und Russland um die Vorherrschaft bezeichnet.

Ein anderer britischer Militär, Orientalist, Übersetzer von »Tausendundeiner Nacht« und Abenteurer, Captain Burton, plante ebenfalls eine Reise in den Kaukasus, er trommelte in London sogar einen Trupp zusammen, um, wie er sagte, den Nordkaukasiern im Kampf gegen die Russen zu Hilfe zu eilen. Daraus wurde nichts, aber es blieb die Legende.

Lermontow dagegen, der russische Dichter und Offizier, machte den Krieg im Kaukasus mit und reiste über diese Straße. Unter seinen zahlreichen hier entstandenen Werken gibt es ein Gedicht über Königin Tamar, scharfzüngig, in der ihm eigenen Art. Seine scharfe Zunge führte später auch zu dem Duell, in dem er getötet wurde. Auf Königin Tamars Burg fällt der Blick des Reisenden als Erstes, wenn er das Nadelöhr durchschreitet und den Fuß nach Larsi[1] hineinsetzt. Überhaupt wird alles Alte in diesem Land, sei es eine Festung oder eine Brücke, Königin Tamar zugeschrieben, als »von ihr erbaut«.

Königin Tamar ist die Heldin vieler Sagen und Geschichten. Ähnlich der bekannten Sage vom König, der in einer Felsenhöhle schläft und darauf wartet, dass die Raben aufhören, um den Berg zu fliegen, damit er herauskommen und das Land zu seiner alten Herrlichkeit zurückführen kann, erzählt man sich auch von Königin Tamar, sie schliefe in einer goldenen Wiege und würde, wieder erwacht, ihrem Land großen Wohlstand bringen. Bis heute ist ihre letzte Ruhestätte nicht gefunden und bleibt verborgen. Archäologen haben überall nach ihrem Grab gesucht. Auch Schriftsteller haben Ausschau danach gehalten, namentlich der Norweger Knut Hamsun, der später ein Stück darüber schrieb.

Vielleicht hat auch Friedrich Bayern nach ihrem Grab gesucht. Er war Archäologe und Entdecker des Schatzes von Stepanzminda und verkündete, die Amazonen seien, auf der Suche nach Ehemännern, auf ebendieser Straße vom Berg heruntergekommen.

---

1 Der Grenzübergang bei Larsi ist heute der einzige zwischen Russland und Georgien. (Anm. d. Ü.)

Da wir von Archäologen sprechen, nennen wir auch den klingendsten Namen: Heinrich Schliemann hat zwar nicht Tamars Grab, aber den mythischen kolchischen Schatz gesucht. Trojas Entdecker war es jedoch nicht vergönnt, hier zu graben und Münzen oder Fibeln zutage zu fördern, denn er wurde fortgeschickt. Die Behörden versagten ihm die Bewilligung.
Auch Friedrich Barbarossa erwähnen wir nicht zufällig: Er wollte seinen Sohn mit Tamar verheiraten. Es war die Zeit der Kreuzzüge, Ritter verschiedenster Herkunft machten sich gen Jerusalem auf, und in der Nähe eine Verbündete zu haben wäre nicht von Übel gewesen. Viele hielten damals um Tamars Hand an; ein Khan drohte sogar damit, ihr Reich mit Feuer und Blut zu überziehen, wenn sie nicht in seinem Harem Wohnung nehme. Er fing tatsächlich an zu zündeln, doch wurde nichts daraus, denn er geriet in Gefangenschaft, und Königin Tamar kaufte ihn gegen ein Hufeisen frei. Es heißt, während ihrer Regierungszeit sei niemand zur Strafe geköpft, geblendet und verstümmelt worden.
In einer boshaften Sage jedoch ist überliefert, sie hätte Schota Rustaweli den Kopf abgehackt. Von wegen.
Rustaweli war Tamars Hofdichter.
Während im Westen Wolfram von Eschenbach und Chrétien de

Troyes ihre Werke schreiben, schreibt Schota Rustaweli an Tamars Hof »Der Recke im Tigerfell«. Die Geschichte der Freundschaft dreier Ritter, ihrer Abenteuer und ihres Bemühens, die Schönste unter der Sonne aus der Gefangenschaft zu befreien.
Nach so einer Frau als Braut für seinen Sohn trachtet Friedrich Barbarossa, vielleicht könnte er Saladin dann Jerusalem entreißen.
Damals ging unter den Kreuzrittern die Sage von Presbyter Johannes, die erzählte, es gäbe im Orient einen christlichen König, der die Sarazenen besiegt hätte - der gottgefällige Priesterkönig Johannes. Manche vermuten hinter Presbyter Johannes Königin Tamars Urgroßvater, König Dawit. Ganz an den Haaren herbeigezogen ist das nicht. Dawit war Psalmensänger, führte auf Kriegszügen eine Bibliothek mit und las täglich die Evangelien; tatsächlich besiegte er mit starken Verbündeten die Sarazenen und hatte Kreuzritter in seinem Heer - warum also sollte er in mancher Augen nicht als Presbyter Johannes gelten?
Dawit soll auch ein geflügeltes Pferd besessen haben, erzählt der Volksmund in Fabeln und Legenden.
Beim Bau des Klosters Gelati zerstörte der Teufel die Mauern, Dawit lauerte ihm auf, und als sich der Teufel in ein Maultier verwandelte, fing er es ein, legte ihm Zügel an, sprang auf und ritt es. So heißt es.

Wahr ist, dass er vor seinem Tod anordnete, im Eingang zu Gelati begraben zu werden, sodass »jeder Ankömmling auf mein Grab tritt und mich so für meine Sünden bestraft«.
In der Akademie, die er nach dem Vorbild jener von Konstantinopel erbauen ließ, wurde in zahllosen Büchern geblättert, es wurde übersetzt, aus alten Werken der Antike gelesen und zwecks Kräftigung verschiedener Geistesfähigkeiten gelernt. Hier waren die Werke von Platon, Aristoteles, Plotin, ja, Aischylos zu finden; wer in den Werken des Letzteren blätterte, konnte aus der Vergangenheit Überliefertes lesen, zum Beispiel die Geschichte vom Titanen Prometheus, der zur Strafe für seine Unbotmäßigkeit an den Kaukasus gekettet worden war.
An den Kasbek soll ihn der lahme Schmied gekettet haben, wo jeden Tag ein Adler an seiner Leber reißt.
Adler hin oder her, der deutsche Reisende Jacob Reineggs erzählt, auf dem Berg wohne der Vogel Simurgh, der mit einem Auge in die Vergangenheit, mit dem anderen in die Zukunft schaue. Anscheinend mochte dieser Mann Legenden. Er wirkte an König Erekles Hof, war Uhrmacher, Medikus, betrieb eine Druckerei. Und er erzählte Erekle so einiges über Europa.
Erekle, König von Kartli und Kachetien, hatte schon viel gesehen, zu seiner Zeit vielleicht mehr als alle anderen im Land. Er war sogar bis nach Indien gelangt. Zusammen mit Nadir Schahs Heer. Später schickte er den Handelsreisenden Rapiel Danibegaschwili nach Indien mit dem Auftrag, ihm Schamiras Buch zu bringen. Schamira, ein Armenier, lebte in Kalkutta und hatte ein Buch darüber verfasst, mit welcher Strategie Kartli und Kachetien vom persischen Joch zu befreien seien. Die weitläufigen Ausführungen reichten vom Militärischen bis zum Wirtschaftlichen. Nur, wenn sich zu befreien so leicht gewesen wäre, hätte sich Erekle schon längst befreit. Er bot alle Kräfte auf und seinen ganzen Willen, schlug zweihundert Schlachten. Er schrieb unzählige Bittbriefe, um Verbündete zu finden. Es kann gut sein, dass er auch mit dem preußischen König Friedrich II. korrespondierte. Bekannterweise hat dieser dauernd mit dem Säbel

gerasselt, war ständig dabei, Heere aufzustellen, und an dem König eines in den kaukasischen Bergen verlorenen Landes muss er Gefallen gefunden haben. Er ließ sogar Münzen prägen mit der Inschrift: *Im Westen bin ich, im Osten Heraklios, der Mächtigste, ein Herkules.* Nicht wortwörtlich, aber sinngemäß.
Erekle schrieb weiter Briefe an die Dogen von Venedig, den Kaiser von Österreich, mit der Bitte, ihm beizustehen, er würde von allen Seiten bedrängt, sein Land sei am Ende, er brauche eine rettende Hand. Ohne Erfolg, es kam keine Hilfe.

Dafür erschienen in britischen Zeitungen häufig Artikel über König Heraklios, über seinen Kampfesmut und darüber, wie er die Khane und Schahs des Ostens besiegte. In einer Zeit, da die Osmanen vor Wiens Toren stehen, da sie sich auf dem Balkan fest etabliert haben, wecken Nachrichten über einen christlichen König im Osten, der den muslimischen Herrschern keinen Fingerbreit abtritt, Sympathie und Solidarität.
Erekle fand sogar Eingang in Lessings »Minna von Barnhelm«. Darin sagt ein Soldat: »... ich wandere nach Persien, um unter Seiner Königlichen Hoheit, dem Prinzen Heraklius, ein paar Feldzüge wider den Türken zu machen.« Ob er seine Absicht verwirklichen konnte, erfahren wir nicht.
Als seine Bittschreiben keinen Erfolg zeitigten, wandte sich Erekle an die Zarin. Katharina II. schickte, wiederum auf ebendiesem Weg durchs Nadelöhr, eine Kanone und einen hinterhältigen General mitsamt Heer und einen Samowar als Geschenk. Aus diesem Samowar sollte für Erekle nur Essig fließen. Die Russen entmachteten ihn und machten das Königreich zu einem Gouvernement. Die georgische Kirche wurde mit jener Russlands vereinigt. Vielerorts wurden

die bemalten Wände der georgischen Kirchen weiß übertüncht. In der Kirche der uns unterwegs begegnenden Burgfeste in Ananuri sind die Fresken und Wandbemalungen allesamt ausgelöscht. Weiße Tünche scheinen sie reichlich gehabt zu haben, und sie tünchten und tünchten – Seht her! So gefällt es unserem Zaren Alexander.

Das war der Alexander, der Krieg mit Napoleon führte. Als er nach der Annexion Georgiens das Land besuchte, verteilte er großzügig Auszeichnungen, damit es ja nicht zu einem Aufstand käme. Medaillen und Birkenruten brachte er mit – Zuckerbrot und Peitsche. Bald teilte er dies aus, bald jenes.

Ein treffender Vergleich stammt von Ilia Tschawtschawadse, dem herausragenden georgischen Dichter und Staatsmann. Von Wladikawkas nach Tiflis unterwegs, betrachtet er den Tergi, wie der Fluss zerstörerisch wütet, wie friedlich er aber diesseits von Larsi, diesseits des Nadelöhrs wird, als ob er eine Medaille oder die Rute bekommen hätte. Tschawtschawadses »Reisenotizen« kommt für das Land überaus große Bedeutung zu, so wie auch dem Dichter selbst.

Ilia Tschawtschawadse ist im Georgien des 19. Jahrhunderts mit jedem wichtigen Geschehen verbunden. Er war damals auf der Rückreise aus St. Petersburg, wo er die Universität besucht hatte. Denn diese Straße war Reiseroute auch für die Studenten, die den Tergi

überquerten, um in Russland zu studieren - die sogenannten *terg-daleulebi,* die aus dem Tergi getrunken hatten. Dieser Begriff stand für eine neue Generation von Schriftstellern. Der junge Ilia ist also auf dem Rückweg von Russland, macht sich unterwegs seine Gedanken und trinkt in Stepanzminda mit einem russischen Offizier Tee aus dem Samowar. Vielleicht war's der Samowar, den König Erekle geschenkt bekommen hatte ... Der Offizier erzählt, auf welche Weise er seinen Burschen zu überwachen pflegt, nämlich mithilfe von Fliegen. Er fange eine Fliege und setze sie in die Zuckerdose, und wenn er bei Gebrauch die Fliege immer noch darin vorfinde, wisse er, dass kein Zucker gestohlen worden sei. Begeistert von seiner eigenen Scharfsinnigkeit, prophezeit er die Eröffnung eines Fliegengeschäfts in Tiflis als Anzeichen für den wachsenden Wohlstand und Fortschritt des Landes.

Mitten im Städtchen Stepanzminda steht ein Denkmal des Schriftstellers Aleksandre Qasbegi, eines Zeitgenossen Ilias. Er war ebenfalls einer, der aus dem Tergi getrunken hat, denn auch er ist in St. Petersburg gewesen. Von einem italienischen Tutor zum Marchese und Gebirgsfürsten erzogen – vielleicht hatte auch noch eine französische Mademoiselle ihre Hände im Spiel –, erhielt er die allerbeste Bildung und wuchs als kapriziöser kleiner Prinz heran. Einmal soll er auf der

Heerstraße einer Kamelkarawane begegnet sein, ein Kamel für sich verlangt und den Wunsch auch erfüllt bekommen haben.
Seine Exzentrik trat zutage, als er eine Zeit lang als Schafhirte umherwanderte, Reisende auf Französisch ansprach und in Erstaunen versetzte. Wie einst Harun ar-Raschid ging er als armer Mann gekleidet, beobachtete die Wanderer, sprach sie an, und manchmal ritt er ihnen später nach, nun in Atlasseide und Brokat gekleidet, um erneut mit ihnen zusammenzutreffen und sie zu verwundern und zu verwirren.
Ein verwirrter Geist wurde er später selbst, als er erkrankte und sein Gehirn in Mitleidenschaft gezogen wurde – ein tragisches Schicksal und Leben.
Es gibt eine Fotografie, auf der Qasbegi einen anderen berühmten georgischen Dichter umarmt, Wascha-Pschawela.
Wir fahren in Pschawelas Heimatgegend, Pschawi, ins Dorf Tschargali.
Wascha-Pschawela wird in Georgien sehr verehrt. Seine Biografie ist hochinteressant und seine Werke sind wunderbar. Katja erzählt mir eines Abends, sie habe seinen »Gastgeber und Gast« gefunden, in einer hervorragenden russischen Übersetzung, und wolle sich hineinvertiefen. Am nächsten Morgen berichtet sie, sie habe die Nacht durch gelesen, habe nicht aufhören können und am Ende sogar weinen müssen.
Es handelt sich um die Übersetzung von Nikolai Sabolozki, selbst ein Dichter. Gerade russische Dichter und Schriftsteller sind schon immer gern nach Georgien gereist. Und gewöhnlich reisten sie auf dieser Straße. Tschechow schreibt: »Das ist keine Straße, sondern Poesie. Ich würde mich am liebsten irgendwo bei Gudauri einquartieren und Märchen schreiben.« Für die russischen Schriftsteller war es tatsächlich »ein märchenhaftes Land«, ein Ort der Inspiration. Pasternak übersetzte hier georgische Dichtung, Gorki ist diese ganze Strecke zu Fuß gegangen und hat dann seine erste Erzählung in Tiflis geschrieben. Wascha-Pschawelas Werk übersetzen wollte zuerst Sergei Jessenin, der begeistert war von dem georgischen Dichter.
In »Gastgeber und Gast« geht es um Menschenwürde und Ritterlich-

keit. Erzählt wird von Chewsuren und ihren Feinden, den Kisten. Die Chewsuren leben im Nachbartal von Pschawi; sie kommen in unzähligen Legenden vor. Manche halten sie für Nachkommen der Kreuzfahrer. Auch wenn die Wirklichkeit anders aussehen mag, wird doch seit alters erzählt, die Chewsuren seien Nachfahren von Gottfried Bouillons Kreuzrittern. Diese seien hierher versprengt worden und hätten sich in den Bergen angesiedelt. Hingegen ist diese Begebenheit tatsächlich wahr: Acht Monate nach Ausbruch des Ersten Weltkriegs erschien auf dem Golowinski-Prospekt, also auf dem Tifliser Hauptboulevard, ein berittener kleiner Trupp in Rüstung und in Kettenhemden, mit Schwertern und Helmen. Als befänden sie sich im Mittelalter und nicht in einer Zeit, wo in Tiflis Automobile fahren, die in Lgotaks Autogeschäft zuhauf und in großer Auswahl verkauft werden und dann unter Gehupe durch die breiten Straßen rasen. Und nun ertönte in genau diesen Straßen Hufgetrappel, und der Trupp kam vor dem Palast des Vizekönigs zum Stehen.

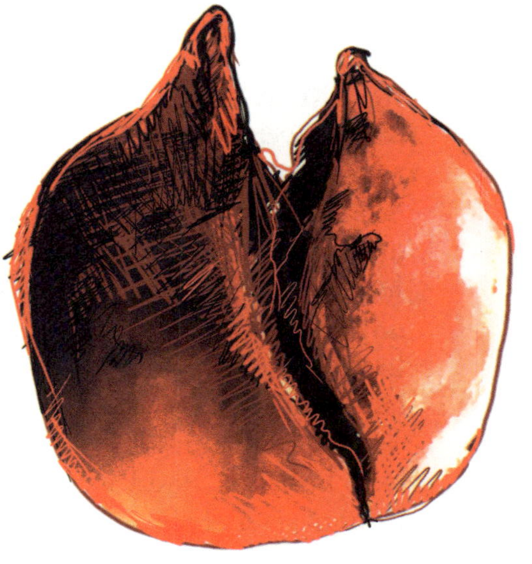

Der Anführer trat vor und rief den Palastwächtern zu: »Krieg ist ausgebrochen, vermeldet dem König, wir sind von den Bergen gekommen und zum Kampf gerüstet.«
Alles auf der Straße stand still, die Leute bestaunten diese Reiter aus einer anderen Zeit, die wie auferstandene Ritter von der Tafelrunde aussahen.
Die Geschichte erinnert auch an jene dreihundert Aragwier – Chewsuren, Pschawier, Mtiuler aus dem Aragwi-Tal –, die König Erekle zu Hilfe eilten im Kampf gegen den bartlosen Aga Mohammed Khan

und die als Vorhut gegen die Perser anrannten und sämtlich hingemetzelt wurden. Auch Tiflis wurde damals verwüstet. Der hinterhältige russische General hielt sich heraus, und auch die Kanone feuerte keinen Schuss ab. Der bartlose Khan und sein Heer konnten Tiflis überfallen und schrecklich darin wüten. Die Stadt wurde geplündert und niedergebrannt – zum letzten Mal. Es heißt, dem Eunuchen-Khan, der als Kind gefangen genommen und entmannt worden war, sei versprochen worden, dass die Heilquellen von Tiflis seinen Makel kurieren würden, aber als dem nicht so war, befahl er, die Bäder zu zerstören. Und nicht nur sie. Er verheerte die fremde Stadt und richtete ein Blutbad an. Was hätte er auch für Skrupel haben sollen, er, der seine eigenen Verwandten alle hatte meucheln lassen, um sich den Weg zum Thron frei zu machen.

Ein Bruder von ihm hatte sich retten können und floh nach Russland samt einem kostbaren Schatz, mit dem er die Russen bestechen wollte, damit diese ihn dann auf den persischen Thron brächten. Dies berichtet Baddeley, der englische Historiker, in »The Russian Conquest of the Caucasus«. Der persische Kronprinz war mit Gefolge und Schatz unterwegs im Nordkaukasus, als die russischen Führer, durch seinen Reichtum angelockt, ihn mitsamt seinem Gefolge in der Nähe von Kislar ermordeten und den Schatz unter sich aufteilten.

So kam ein Saphir, der einst Schah Abbas gehört hatte, in den Besitz eines russischen Offiziers, der sich über die Heerstraße aufmachte Richtung Tiflis. Er passierte den Grenzort Larsi, überschritt den Kreuzpass und erreichte auf diesem Weg wie viele andere Reisende schließlich Tiflis. In der Brusttasche trug er den schönen großen Saphir bei sich. Doch das ist schon eine andere Geschichte: wie der Saphir in die Hände eines deutschen Aussiedlers gelangte, dann in jene eines französischen Spekulanten, eines Tifliser Taschendiebs, in die des Glücksritters Sadih Beg. Das ist wirklich eine andere Geschichte aus einer ganz anderen Truhe.

Übersetzung aus dem Georgischen von Rachel Gratzfeld

Abo Iaschaghaschwili ist 1977 in Tbilissi geboren. Er studierte in Tbilissi und München und wohnte eine Zeit lang in Berlin. Er lebt in Tbilissi und arbeitet als Reiseleiter und Bergführer. Seine Romane sind Teil eines Zyklus; er schildert das Leben im Tiflis des 19. Jahrhunderts in farbig-exotischen Kriminalromanen, die atmosphärisch an Boris Akunin erinnern.
Preise: 2015 SABA-Preis für den besten Roman des Jahres 2014
Werke: »Royal-Mary«, Historischer Kriminalroman, Diogene 2014 / Deutsche Übersetzung von Lia Wittek: »Royal Mary – Ein Mord in Tiflis«, Edition.fotoTAPETA 2017; »Osmaluri marschi«, Historischer Kriminalroman, Diogene 2014; »Dsweli Tpilisis damnaschaweni«, Historischer Kriminalroman, Kolga 2017

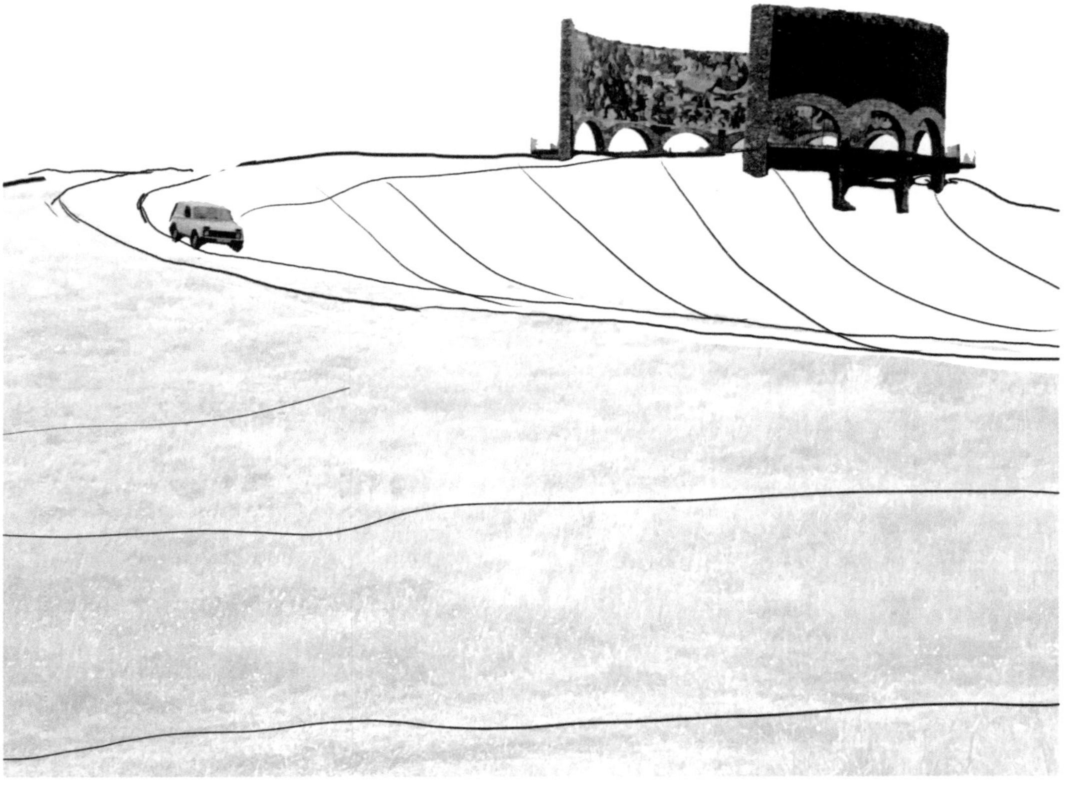

DIE ÜBERSETZERINNEN:

RACHEL GRATZFELD, geboren 1960 in der Schweiz, arbeitete von 2006 bis 2016 als Programmleiterin bei Klett Schweiz und vertrat als literarische Agentin die georgischen Verlage Bakur Sulakauri, Diogene und Siesta sowie die Autorinnen Nino Haratischwili und Tamta Melaschwili. Seit 2017 lebt sie in Tbilissi, Georgien, und arbeitet als freie Lektorin und Übersetzerin. Sie übersetzte u. a. Werke von Davit Gabunia, Tatia Nadareischwili, Dawit Kldiaschwili und ist Herausgeberin und Mitübersetzerin der Anthologie »Bittere Bonbons – Georgische Geschichten« (edition fünf 2018).

SYBILLA HEINZE, geboren 1976, studierte Kaukasiologie, Slawistik und Südosteuropastudien. Sie übersetzte Werke aus dem Georgischen, u. a. von Rati Amaghlobeli, Beka Adamaschwili und Rusudan Ruchadze. Für ihre Übersetzung von Anna Kordsaia-Samadaschwilis Roman »Wer hat die Tschaika getötet?« (2016) wurde Sybilla Heinze mit dem SABA-Preis 2017 für die beste Übersetzung ausgezeichnet.

Herausgeber: Goethe-Institut Georgien

GOETHE INSTITUT
Sprache. Kultur. Deutschland.

Mit freundlicher Unterstützung des Auswärtigen Amtes

Auswärtiges Amt

The book was published with the support of the Georgian National Book Center and the Ministry of Culture and Sport of Georgia.

GEORGIAN NATIONAL BOOK CENTER

Georgia
Made by Characters
Guest of Honour
Frankfurter Buchmesse 2018

MINISTRY OF CULTURE AND SPORT OF GEORGIA

FSC
www.fsc.org
MIX
Papier aus verantwortungsvollen Quellen
FSC® C014496

Herstellung, Umschlaggestaltung und Satz: Julia B. Nowikowa
Druck und Bindung: GGP Media GmbH, Pößneck
Printed in Germany
ISBN 978-3-627-00257-2